〖中华诗词存稿·名家专辑〗

中华诗词学会 编

春雨敲韵

贾学义 著

中国书籍出版社

China Book Press

图书在版编目（CIP）数据

春雨敲韵 / 贾学义著 . -- 北京 : 中国书籍出版社，
2020.8

（中华诗词存稿）

ISBN 978-7-5068-7888-3

Ⅰ . ①春… Ⅱ . ①贾… Ⅲ . ①诗词—作品集—中国—
当代 Ⅳ . ① I227

中国版本图书馆 CIP 数据核字 (2020) 第 107002 号

春雨敲韵

贾学义 著

责任编辑	李国永	
责任印制	孙马飞　马　芝	
封面设计	采薇阁	
出版发行	中国书籍出版社	
地　　址	北京市丰台区三路居路 97 号（邮编：100073）	
电　　话	（010）52257143（总编室）（010）52257140（发行部）	
电子邮箱	eo@chinabp.com.cn	
经　　销	全国新华书店	
印　　刷	北京虎彩文化传播有限公司	
开　　本	710 毫米 ×1000 毫米 1/16	
字　　数	200 千字	
印　　张	13	
版　　次	2020 年 8 月第 1 版　　2020 年 8 月第 1 次印刷	
书　　号	ISBN 978-7-5068-7888-3	
定　　价	198.00 元	

贾学义简介

　　贾学义，笔名春雨，男，汉族，祖籍陕西省府谷县。高中老三届，后由教师而记者而公务员。历任内蒙古党委宣传部副部长、精神文明办副主任，内蒙古日报总编辑，内蒙古记协副主席，内蒙古十届政协常委兼文史委副主任。高级记者。现任中华诗词学会副会长、中华散曲工委副主任，内蒙古诗词学会会长。主要著作有《古今中外名人拾趣》，《乡村干部必备》，《春华秋实》（三部：《跑出来的新闻》、《青城夜话》、《闲吟杂唱》），《贾学义诗选》，《奉和酬唱集》等。

总　序

　　我们这个诗歌大国有一个很好的传统，历来注重"采诗"、搜集整理诗歌材料。作为唯一的全国性诗词组织的中华诗词学会，自1987年5月成立以来，就十分重视这项工作。学会每年的学术研讨会和历届"华夏诗词奖"，都出版论文集和获奖作品集。纪念学会成立二十年、三十年时，还专门编辑出版了《大事记》《论文选集》《诗词选集》。《中华诗词》创刊以来，每年都制作年度合订本。2007年5月，在北京天识东方文化艺术传播有限公司的资助下，以近代以来诗词创作、诗词理论、诗词运动重要文献汇编，当代名家个人作品专集等为主要内容，出版了《中华诗词文库》。经过十来年的编辑整理，已经出了近百卷。这些诗集、文集的出版，记录了近百年来尤其是改革开放四十多年来，中华诗词从起步、复苏走向复兴的砥砺前行的历程，为近、当代诗歌史的撰写准备了丰富的资料。

　　党的十八大以来，中华民族优秀传统文化重新受到应有的重视。习近平总书记《念奴娇·追思焦裕禄》词和《军民情》七律的相继发表，引领中华大地诗潮滚滚而来。《中共中央关于繁荣发展社会主义文艺的意见》和中办、国办《关于实施中华优秀传统文化传承发展工程的意见》，都明确提出"加强对中华诗词、音乐舞蹈、书法绘画、曲艺杂技和历只文化纪录片、动画片、出版物等的扶持。"国家教育部组织制定由中华诗词学会起草的新中国语言体系中的新韵书《中华通韵》已经通过国家语言文字工作委员会语言文字规范标准审定委员会审定，即将颁布全国试行。这些都使我们真切地感受到，中华诗词的春天真的到来了。诗人们乘着骀荡春风，正以高昂的激情，书写着中华民族伟大复兴的新时代、新史诗，国家富强、民族振兴、人民幸福的中国梦；正以与人民同呼吸、共命运的诗人之心，对人民的欢乐、人民的忧患、人民的情怀给以诗意的表达；正以"美"或"刺"的诗人之笔，对市场经济大潮中人民对幸福生活的期待，对美好未来的希望，对假丑恶的深恶痛绝，或给以方向，或给以赞美，或给以鞭挞。正如习近平总书记所指出的："好的文艺作品就应该像蓝天上的阳光、春季里的清风一样，能够启迪思想、温润心灵、陶冶人生，能够扫除颓废萎靡之风。"

当前，传统诗词创作者和诗词爱好者队伍发展迅速，已超过三百万。每天创作的诗词作品超过唐诗、宋词、元曲的总和。诗词评论研究队伍也成长很快，诗词评论、诗词学、诗词创作理论研究成果丰硕。如何从浩如烟海的诗词作品中"淘"出优秀作品，并使之存下来、传下去，如何使诗词研究理论成果"面世"并发挥应有的指导作用，确实是摆在我们面前的无可回避的一个重要课题。中华诗词学会是一个没有国家编制，没有国家拨款的社会团体，事业的运转主要靠社会赞助和会员费支撑。俊识（北京）文化传媒有限公司总经理吕梁松、北京采薇阁总经理王强，两位一直是对中华传统文化情有独钟的热心人，慷慨解囊，愿意同中华诗词学会一起，搜集整理编辑推出《中华诗词存稿》这套书，共同为中华诗词文化的继承和发展，做成这件十分有意义的事情。

　　《中华诗词存稿》主要搜集整理出版三部分内容的资料：一是当代诗词名家的个人作品集；二是当代诗词评论家、诗词学者的学术著作集；三是当代诗词作品、诗词理论学术成果阶段性、专题性、地域性的集成类作品集。诗词作品强调精品意识，沙里淘金，把"有筋骨、有道德、有温度"的优秀诗词作品搜集起来。诗词评论、研究类资料强调理论性和创新性，应具有鲜明的个性特点，具有创建性的见解。集成类的资料应有一定的史料保存价值。总之，做成一套具有当代价值和历史意义的好书。在此，我们编委会人员，向提供资料、筛选编辑、版面设计、校对勘误，包括所有为这套资料付出辛勤劳动的同志们，表示真诚的谢意！

郑欣淼

二〇一九年七月于北京

自　序

　　我今年 70 周岁，今年也是我和老伴的金婚。中华诗词学会授权北京搜书文化传播有限公司（吕梁松）出版《中华诗词存稿》，确定我为作者之一。为我出版这本诗集，这是送给我 70 大寿和金婚纪念的最贵重的礼物。我向中华诗词学会的全体同仁和搜书文化传播有限公司以及所有为出版此书付出辛勤劳动的朋友们，致以崇高的敬礼，表示衷心的感谢！

　　中华诗词学会是一所大学校。从蟹岛会议我被增补为常务理事 2015 年换届又担任了中华诗词学会副会长开姶，我就是这所大学校的一名学生。几年来，我不仅向中华诗词学会的领导和同志们学习如何写诗作词，而且向他们学习如何做人做事。中华诗词学会同仁们的博学多才、敬业奉献、清正廉洁、诚实守信、谦虚有礼、热情友好、浑身充满正能量的许多优秀品质，都使我受益匪浅。其间也结识了许多区内外、国内外的诗友和有关同志，他们都成为我的良师益友，使我的创作水平和工作能力都有提高。正因为如此，我才能够和内蒙古诗词学会的同仁们一道，肩负起繁荣和兴盛内蒙古诗词事业的重任。然而，由于我还没有从中华诗词学会这所大学校毕业，所以我的诗作水平和内蒙古诗词工作的发展水平都还不能尽如人意，都有继续提高的必要。中华诗词学会安排为我出版诗集，这是对我的激励，也是对内蒙古诗词工作的激励。正是基于这样的认识，我认真地准备诗稿，权将《春雨敲韵》这本诗集作为我向中华诗词学会交上的一份答卷。

《春雨敲韵》共收入绝句、律诗、词、曲、赋305首（篇），其中绝大部分是我2016年至2018年的新作（含部分旧作），也有搭末班车的2019年初的几首诗词曲。《春雨敲韵》中的"韵"，我用的分别是"佩文诗韵"（平水韵）、"词林正韵"、"中原音韵"。个别用"中华新韵"的都标注了"新韵"。我诚恳地请中华诗词学会的领导和同志们以及全国广大诗友同仁，对我这份答卷评头论足、不吝赐教，我将洗耳恭听、不胜感激，并将继续努力，不断提高创作水平，以不负中华诗词学会和广大诗友的厚爱！谢谢！

贾学义

2019 年 4 月 23 日

目　　录

绝　句

律 诗

词

散 曲

绝句

到遵义

娄山关险通遵义，
耳畔犹闻雁叫声。
洒泪深躬先烈墓，
从头越步再长征。

2007 年 9 月 1 日

咏成陵

千古英雄无觅处，
风流俱往看天骄。
文韬武略雄心壮，
北庙南陵各妖娆。

2007 年 9 月 11 日

咏昭君

青冢安眠土默川，
流芳拥黛两千年。
长城万里今何在？
落雁归来霞满天。

2007 年 9 月 20 日

游云台山

　　2008 年 10 月 13 日上午，参加全国省级党报总编辑会议代表登河南云台山。该山红石峡在十几亿年前形成，壁立千仞，飞瀑轰鸣，栈道险峻，高峡出平湖，是中原一景。传唐王维绝句"九月九日忆山东兄弟"即在此写成。

云台壁立红岩在，
碧水飞流天上来。
美景万千无意看，
王维绝句在云台。

2008 年 10 月 13 日

为中国书法城乌海作

葡萄美酒醉嘉宾，
岩画依稀芳草茵。
九曲黄河金鲤跃，
满城尽是润毫人。

2009 年 9 月 12 日

观日食

2009 年 7 月 22 日上午 8:22 分 40 秒，呼和浩特市观日食随感。

朗朗乾坤红日悬，
四方乐奏舞蹁跹。
谁云天狗能吞噬？
万众仰观不夜天。

2009 年 7 月 22 日

到苏州

阳春三月到苏州，
拙政名园看客稠。
锦绣满城关不住，
山塘河水绕街流。

2010 年 4 月 24 日

参观侵华日军南京大屠杀遇难同胞纪念馆

腥风血雨万人坑，
耳畔犹闻杀戮声。
国恨亲仇岂能忘，
潜心铸剑指东瀛。

2010 年 4 月 27 日

卸职自题

功名卸却再无它，
乐驾随吟慢品茶。
日上三竿犹在梦，
心中乐放满园花。

2010 年 7 月 19 日

青海湖抒怀

青海高原青海湖，
草翻浪涌碧天舒。
分明一掬瑶池水，
信手拈来入画图。

2011 月年 6 月月 23 日

元上都寻古（新韵）

世祖登基在上都，
江山千古入皮图。
迩来八百四十岁，
到此如读万卷书。

2011 月年 8 月 16 日

中秋感怀

风平气爽淡云柔，
惟盼清乾永驻留。
纵使阴霾遮望眼，
心怀满月即中秋。

2013 年 9 月 18 日

咏乐山大佛

一尊大佛坐江东，
乐踞栖霞布彩虹。
阅遍人间千古事，
兴亡尽在不言中。

2013 年 10 月 24 日

祖孙三代登黄鹤楼

2014 年 2 月 4 日上午，与长子两口和小孙儿贾一龙、大外孙女贾玲珑（九九）登黄鹤楼。老伴与女儿、二外孙女因气候原因未登。

千里来登黄鹤楼，
祖孙三代乐悠悠。
昔人虽去题诗在，
滚滚长江不断流。

2013 年 2 月 4 日

和友人（折腰体）

绿染青山不算迟，
层峦叠嶂总参差。
好个人间仙境处，
风声涧水也成诗。

2014 年 5 月 15 日

秋叶（回文诗）

凉亭落叶染金黄，
叶染金黄金伴霜。
霜伴金黄金染叶，
黄金染叶落亭凉。

2014 年 10 月 23 日

冬夜（回文诗）

寒风冷夜梦红鸾，
夜梦红鸾唱和难。
难和唱鸾红梦夜，
鸾红梦夜冷风寒。

2014 年 10 月 26 日

题乌拉特前旗林海公园

环河远接白云间，
林海藏奇万众欢。
此景原来天上有，
前旗逛后不看园。

2014 年 11 月 2 日

谒南海观音

冬来南海拜观音，
许愿焚香表善心。
不二法门成一实，
阿弥陀佛值千金。

游天涯海角

浪击风云血气生，
天涯海角鬼神惊。
乱旗布阵兵千万，
自有南天一柱擎。

槟榔谷情思

槟榔谷里望槟榔，
圣果依稀云里藏。
黎寨姑娘歌伴舞，
平湖绿水戏鸳鸯。

游海南火山口

地火云喷射九天，
峰颠塌陷变深渊。
奇花异树多灵气，
一石一尘都是仙。

好望角感赋（新韵）

此角威名遍远涯，
两洋相会泪飞花。
舟船历尽千年事，
惟见灯台立巨峡。

2015 年 4 月 16 日

谒伏波雕塑

塞上雄鹰掠海飞，
伏波功德与天齐。
而今立马横刀处，
万古流芳库布其。

2015 年 4 月 24 日

遵义民居垮塌感吟

6月9日到今晨，遵义市先后有两栋居民楼发生垮塌，造成人员伤亡。

遵义霞开八十秋，
共和大厦砌金瓯。
惊闻两栋民居塌，
又起心中一缕愁。

2015 年 6 月 14 日

端午祭"东方之星"

自"东方之星"客轮在长江中游湖北监利水域沉没后，近日我国南方多地暴雨成灾，以近端午，不禁愁上心来。

端午来临暴雨稠，
汪洋一片使人愁。
粽包送进长江里，
华夏从今不覆舟。

2015 年 6 月 14 日

居延海畔即吟

　　2001 年，时任国务院总理朱镕基指示："要让居延海在 3 年内波涛滚滚，恢复原样。"

居延海阔白云浮，
绿苇蓝天映画图。
总理当年圈点处，
茫茫戈壁出平湖。

2015 年 7 月 25 日

谒东风烈士陵园

　　50 年前因特种燃料爆炸而被烈火吞噬的青年战士王来，几年前其在东风烈士陵园里的大理石坟头竟奇迹般地长出一棵榆树。

五十年前火凤凰，
重生戈壁沐朝阳。
家榆一树参天起，
王者归来送沁凉。

2015 年 7 月 27 日

过嘉峪关

虎踞河西第一关，
雄城扼锁万重山。
而今丝路通寰宇，
策马行空莫等闲。

2015 年 7 月 27 日

戈壁怀影

大漠烟霞弱水流，
居延碧浪荡轻舟。
胡杨深处驼峰乱，
喜乘东风向月球。

2016 年 1 月 18 日

宣城宛溪河带状公园即吟

宛溪河畔捣衣声，
百鸟啾啾玉树荣。
两岸风光看不尽，
一弯碧水过宣城。

2016 年 4 月 9 日

游桃花潭

八皖诗朋伴我行，
一潭碧水水波平。
汪伦送友踏歌处，
十里桃花百鸟鸣。

2016 年 4 月 10 日

题宣城女子诗词学会

又是一支娘子军，
风骚织就石榴裙。
敬亭胜地敲诗韵，
唐宋江山半壁分。

2016 年 4 月 10 日

包子塔石寨人家①

石路石墙围石房，
千秋故事石中藏。
而今繁盛皆因石，
石寨人家日月长。

2016 年 5 月 15 日

【注】
① 包子塔"石寨人家"是准格尔旗龙口镇的一个旅游古寨。
包子塔，蒙古语意为大半圆围起来的高出地平面的平台。

过多伦榆木川吊桥 (新韵)

又过滦河古吊桥，
提心人在水中摇。
躬身颤步凝双目，
上岸才闻百鸟嘲。

2016 年 5 月 18 日

观兴安盟归流河诗词馆

中华上下五千年，
风赋诗词集大全。
骚客留连叹观止，
归流河畔拜前贤。

2016 年 6 月 14 日

阿尔山印象

古来此地有温泉，
湖在山头吻九天。
一路青松藏白桦，
嶙峋怪石水潺潺。

2016 年 6 月 15 日

访内蒙古东部第一个农村党支部

不忘兴安先烈亲，
抛头洒血为求真。
党旗唤醒铁拳怒，
万里川原第一屯。

2016 年 6 月 16 日

和苏怀亮七绝·重阳节

重阳会友正逢时，
望远登高有好词。
万里云天秋气馥，
诗心浩渺任飞驰。

2016 年 10 月 8 日

贺神舟十一号发射成功

逐梦天宫一箭飞，
八方星象沐朝晖。
同胞兄弟相偕处，
殿里风光胜紫微。

2016 年 10 月 17 日

和冯倾城会长诗贺澳门特别行政区
成立十七周年

水暖濠江旗映红，
莲花宝地灿芙蓉。
年年合唱回归曲，
七子丹心万古同。

2016 年 12 月 20 日

和冯永林"周总理忌日作"

周公忌日我心寒，
金匾时时在眼前。
文武谁能出君右？
千呼万唤泪潸然。

2017 年 1 月 8 日

情人节小吟

朵朵玫瑰别样红，
含情脉脉伴春风。
冬雷未响夏无雪，
一片痴心对太空。

2017 年 2 月 14 日

沙圪堵赏杏花

三春红杏惹人爱，
白里藏羞香自来。
俊逸风流沙圪堵，
不知此树是谁栽。

2017 年 3 月

观潮

大江东去浪翻腾，
遥想周郎立马横。
蹈海平涛些小事，
豪情直向胆边生。

2017 年 3 日

步王有鸿原玉贺卓资县诗词学会成立

卓资山上涌诗骚，
草长莺飞细柳娆。
万里北疆添国色，
笙歌起处彩云飘。

2017 年 6 月 16 日

澳门抗台风

风卷濠江险象生，
同仇敌忾并肩行。
神州十亿揪心处，
又见人民子弟兵。

2017 年 8 月 27 日

五原黄河至北处感怀

黄河滚滚曲弯长，
至北平川是我乡。
此处登高欣放眼，
云天万里想亲娘。

2017 年 9 月 8 日

为中华诗词之乡准格尔旗挂牌并致
张丽荣会长

梦里忧思梦里忙，
经年辛苦不寻常。
金牌闪映诗家泪，
漫瀚悠悠绕峁梁。

2017 年 9 月 24 日

为中华诗词之乡正蓝旗多伦县挂牌
与田学臣会长重逢

千里情思日夜怀，
金莲川上看花开。
一头白发为谁短，
凯宴频呼倒酒来。

2017 年 7 月 26 日

为中华诗词之乡多伦县挂牌与多伦诗友合影

多伦湖畔凯旋影，
诺尔城中奋斗年。
美酒三瓢歌一曲，
乘风策马向云天。

2017 年 7 月 26 日

贺友人喜得长孙

雄鸡高唱满天红，
一代长孙融汉蒙。
岁月蹉跎多少事，
青壶煮酒笑谈中。

2017 年 9 月 16 日

重游黄河古渡

千古传扬君子津，
黄河两岸尽怀仁。
郝家窑畔神泉水，
润泽江南锦绣春。

2017 年 10 月 5 日

谒准格尔召

恍然渐入大雷音，
珠阙幽宫佛殿深。
满院风铃摇不住，
一根龙柱出仙林①。

2017 年 10 月 4 日

【注】
　① 准格尔召一座佛殿中立有一根一抱粗几丈高的红皮松木，上面布满龙纹，被称为"龙柱"。

观蒙古国马术表演

铁骑骁骁漠北来，
横刀立马戏沙台。
天骄惊梦凝眸望，
一样欢欣笑口开。

2017 年 9 月 25 日

秋韵

塞上秋深阴雨稠，
层林尽染也风流。
南飞大雁邀黄鹤，
一片痴心天那头。

2017 年 10 月 10 日

咏磁州窑

一磁出彩震天涯，
惯用寻常百姓家。
景德彭城亮奇艺，
风流尽在大中华。

2017 年 10 月 14 日

参观河北磁县天子冢和兰陵王墓感怀

千古冤魂荡远涯，
悲欢直落帝王家。
芸芸百姓常知足，
朝唤东君夕送霞。

2017 年 10 月 14 日

喜迎十九大

血染红船分外娇，
扬帆总在战狂飙。
百年飞渡复兴梦，
千古中华第一朝。

2017 年 10 月 12 日

十九大前夕现双星伴月奇观

东方欲晓有奇观，
金火双星伴广寒。
道是嫦娥飞笑脸，
欣同华夏大联欢。

2017 年 10 月 13 日

中华诗词村王贵沟挂牌一周年庆暨
玫瑰营镇农民诗词大赛即咏

风助诗潮涌浪涛，
登台不惧少词骚。
由他评委亮分去，
我自开心我自豪。

2017 年 9 月 23 日

贺土默特学校《沃野》诗刊出版

敕勒川平走碧溪，
滋荣沃野乱莺啼。
春风化雨熙阳照，
笑看云天七彩霓。

2017 年 11 月 1 日

《麦积山雨》周年致贺

天外飞来麦积山，
孤峰绝壁镇雄关。
烟云石窟群仙至，
独领风骚灿笑颜。

2017 年 11 月 20 日

海南越冬感怀

紧脱冬装换夏装，
海南无处不风光。
他乡独品愁滋味，
梦里犹闻烩菜香。

2018 年 1 月 9 日

题手机二首

其一

掌中一宝载千秋，
天下谁人不低头。
久别重逢言语少，
飞霞滑过点风流。

其二

华为苹果领潮流，
泱泱中华在浪头。
馥郁书香何处觅，
遥望东海使人愁。

2018 年 1 月 29 日

"三八"感怀

心中一朵女人花，
摇曳红尘赛艳葩。
似梦还真谁看懂，
只留氤郁满天涯。

2018 年 3 月 8 日

贺内蒙古诗词学会草原女子诗社成立

红遍草原娘子军，
骚风十体晒缤纷。
丈夫不掩怜香意，
且纵狂涛卷瑞云。

2018 年 5 月 8 日

为草原女子诗社卓资采风作

红妆艳抹总无诗，
踏翠乘风到卓资。
恰是仙家敲韵处，
心忧日短恨来迟。

2018 年 6 月 10 日

中华首届诗人节同韵三题

其一

惟才自古数荆楚，
屈子中华第一人。
今日端阳立诗节，
龙舟竞渡共争春。

其二

芦苇萧萧艾叶新，
诗人节里聚诗人。
挥毫泼尽汨罗水，
描得中华锦绣春。

其三

敲韵初心哀万民，
有诗无节不诗人。
离骚千古谁能续，
却见神州入丽春。

2018 年 6 月 16 日

宗亲小聚

天下贾家血脉亲，
大槐树壮扎根深。
而今相见难称谓，
一酒喝成同辈人。

2018 年 7 月 8 日

七夕飞日本

银汉迢迢鹊正翩，
东瀛俯瞰起云烟。
谁知越海高飞去，
一片痴心在草原。

2008 年 7 月 19 日

咏遂昌城

青山携手抱平昌，
碧水穿城白鹭翔。
两岸风光看不够，
琼楼顶上炫霓裳。

2018 年 9 月 26 日

访王村口镇

乌溪江水浪推云，
小镇当年立硕勋。
曲巷千家古风在，
至今百姓念红军。

2018 年 9 月 26 日

过淤溪村

梯田茶绿接云霞，
稻谷飘香报岁嘉。
今日班春行令废，
小楼别墅住农家。

2018 年 9 月 26 日

曹娥庙感怀

曹娥一去越千年，
绝妙好辞评孝贤。
黎庶百官参此庙，
莫忘头上有青天。

2018 年 9 月 28 日

贺遂昌诗会成立二十年

一展风骚二十年，
平昌古郡谱新篇。
而今潮满樯帆顺，
直向云天走快船。

2018 年 10 月 18 日

贺巴彦淖尔诗会十周年三首

（一）

创业维艰整十年，
此中甘苦有谁怜。
拈须耽句人憔悴，
告慰杨公①笑九泉。

【注】

① 指巴彦淖尔市诗词学会前会长杨介中。

（二）

青山唱罢唱黄河，
雅律如流逐浪波。
八百里川皆李杜，
挥毫泼墨写新歌。

（三）

萧瑟金风岁月稠，
群贤聚会待从头。
草原绿浪千帆竞，
河套英才争上游。

2018 年 10 月 18 日

立冬

欲寻绿叶看青松，
风飒水凝无雁踪。
灶屋老妻调饺馅，
我吟小绝入初冬。

2018 年 11 月 7 日

贺表兄刘来凤荣获全国书法大奖

一任颠张狂素风，
金毫挥出夕阳红。
中山兔尽滇鱼跃，
国粹高扬在太空。

2018 年 11 月 11 日

律诗

游扎兰屯

记事初年慕此屯，
而今圆梦已黄昏。
冬青树老樟松绿，
铁索桥悬秀水纯。
仙子争来堆锦绣，
文人竞去荡灵魂。
驱车踏雪扎兰聚，
醉里销魂入暮村。

2006 年 11 月 2 日

贺神七升空（新韵）

大漠秋高风正爽，
神七利剑刺穹苍。
环球绕日随船走，
揽月摘星任我翔。
今日乘舟游玉宇，
明朝把酒醉天堂。
欣然极目云霄外，
欲上颠峰路更长。

2008 年 9 月 25 日

退休吟

世事多艰岁月稠，
而今自在我闲游。
纷烦尽付飘花去，
懊恼皆随逝水流。
信步凉亭斟玉液，
由心绿海荡轻舟。
从兹隐退逍遥日，
乐与糟糠度晚秋。

2008 年 10 月 4 日

秋访开封

菊香扑面访开封，
疑是瑶池下太空。
铁塔巍峨扬正气，
龙亭壮美显雄风。
潘杨湖水分泾渭，
包拯官衙辨佞忠。
莫道古城姿色秀，
春光摞在画图中①。

2008 年 10 月 27 日

【注】

① 开封有"城摞城"之谓。

秋咏全国宣传干部培训学院

2008 年 10 月 27 日至 31 日，余到北京怀柔全国宣传干部培训学院参加短训班。时值深秋，院内山楂正红，随便采食；柿子金黄，松柏苍翠，气候十分清凉。

山楂叶绿红珠密，

柿子枝稀金果圆。

曲径通幽松柏翠，

清池溢彩草花鲜。

腾开一处休闲地，

留下诸方养性天。

战士铁肩担道义，

文豪妙手著华篇。

2008 年 10 月 29 日

国庆阅兵感怀

己丑金秋大阅兵，
长安街上战车行。
排山倒海军威壮，
动地惊天武运精。
导弹驰行三万里，
飞机巡看一千程。
船坚炮利非为贵，
本固方能享太平。

参观上海世博园

沪上春来花正红，
浦江惊现万邦宫。
拉非场馆容颜雅，
欧亚风情气势雄。
方寸争持拿手戏，
弹丸竞亮看家功。
五洲兄弟毗邻住，
天下和谐盼大同。

2010 年 4 月 23 日

游扬州瘦西湖

春风送暖到扬州，
瘦水西湖结伴游。
杨柳千条轻抖绿，
琼花万朵厚铺柔。
钓鱼台上观亭塔，
清远堂前赏榭楼。
二十四桥神韵在，
玉人不见也风流。

2010 年 4 月 28 日

参加中华诗词学会第三次会员代表大会感怀

欣来蟹岛有奇缘①，
唱和听弦会众贤。
皓首谦恭勤切磋，
童颜敏锐快扬鞭。
京城逸乐无心去，
气韵轩昂有意牵。
捻断须髯终不悔，
诗人兴会更无前。

2010 年 5 月 31 日

【注】
① 蟹岛在北京朝阳区。

和冯倾城女士①

一朝分两制，
同在大中华。
学海逢春雨，
心潮起浪花。
诗词歌盛世，
社稷映朝霞。
娓娓评唐宋，
天高应有涯。

2010 年 6 月 1 日

【注】
① 冯倾城女士时为澳门诗词学会理事长、清华博士。

到香山 （新韵）

四十五年前与同学少年游香山，时值深秋，万山红遍，层林尽染。之后魂牵梦萦，却再未与香山亲近。而今已逾花甲，终于携友同游。又值深秋，枫林泛红，夙愿得偿，感慨系之。

又到香山旧梦圆，
追寻四十五年前。
青松岭下碧云寺，
红叶丛中美少男。
翠柏枫林存旧貌，
老街巷道换新颜。
今来再把先贤拜[①]，
壮志凌云上九天。

2010 年 10 月 19 日

【注】
① "先贤"指孙中山、毛泽东。香山有孙中山衣冠冢，也有毛泽东曾经住过的双清别墅。

为乌兰夫百年诞辰作（新韵）

神州日暗溯风号，
敕勒川中射大雕。
咬定青山学马列，
认清宝塔拥朱毛。
两分疆土狼烟灭，
一统草原笑语飘。
自治频推新战略，
红孩德重胜天骄。

2010 月 12 月 14 日

悼唁珠厅长①

萧萧落叶正秋凉，

噩讯忽传痛断肠。

永记银屏多亮丽，

常思广电更辉煌。

一身正气扶才俊，

两袖清风育栋梁。

功绩昭昭彪炳在，

佛灯普照放光芒。

2011 年 9 月 28 日

【注】

① 珠厅长即原全国人大副委员长布赫同志夫人、内蒙古自治区广电厅原厅长、党组书记，自治区记协原名誉主席珠兰琪琪柯。她曾是著名电影演员。珠兰琪琪柯汉语意为佛灯的光芒。

访韩观感

六十年前战火狂，

援朝抗美正寒霜。

三千锦绣成焦土，

百万雄师筑肉墙。

志愿军威惊世界，

中华国义感邻邦。

而今半岛风重起，

煮酒一壶论短长。

2013 年 8 月 19 日

结婚 45 年并生日感怀

余与老伴同月同日同辰生，余长两岁。今年是 45 周年结婚
纪念，又逢生日，感慨良多，诗以记之。

四十五年风雨稠，

慈亲奉孝乐无忧。

贫穷未改登攀志，

富贵常思冻馁羞。

奢盼家宗传万代，

祈求信义继千秋。

婚追钻石寻童趣，

不与儿孙作马牛。

2013 年 8 月 9 日

咏黄果树瀑布

白练飘然出翠峦，
飞流直下挂青磐。
濛濛雨雾藏幽洞，
滚滚银珠落玉盘。
一路弦声鸣万籁，
满沟碧水荡千滩。
为人若有烦心事，
黄果树前喧笑欢。

2013 年 10 月 17 日

游天星湖感吟①

天倾裂缝露繁星，
落在一湖灵水中。
皱石苍藤多怪异，
青松古柏尽葱茏。
痴迷八戒荣招婿，
直叫九龙厌太空。
岁岁年年三六五，
感恩日月步人功。

2013 年 10 月 18 日

【注】

①　天星湖是贵州黄果树瀑布三大景点之一（黄果树、陡坡塘、天星湖）。湖内有电视剧《西游记》中的高老庄和九龙攀壁等景观。数生步是湖内很有特点的一处景观。露出湖面的 365 块面积相当、一步一隔的石板上分别刻着一个月日，依次从 1 月 1 日到 12 月 31 日，行步于此，每个人都能对号入座找到自己的生日。喻示人生一年 365 天，就这样一步一步地扎扎实实走过来。

参观重庆白公馆渣滓洞

雾嶂云遮歌乐山，

英才热血染朱颜。

白公馆里迎红日，

渣滓洞前斗恶顽。

烈士轩昂酬壮志，

吾侪勠力越雄关。

一江碧水东流去，

快马加鞭吉梦还。

2013 年 10 月 20 日

咏峨眉山

芙蓉斗艳上峨眉，

险路弯弯淡雾随。

鸟乐迎宾鸣玉树，

猴顽戏客弄香肌。

青山叠翠藏灵秀，

绿水和琴奏浅漪。

金顶未登遗大憾，

阿弥陀佛我心期。

2013 年 10 月 24 日

为"毛公宝鼎"揭幕作

　　为纪念毛泽东同志诞辰120周年而创新、创意设计铸造的"毛公宝鼎"10月31日在北京举行揭幕授赠仪式。

精灵异魄出韶山，
唤起工农变宇寰。
万道雄关谈笑越，
千年炼狱笔刀删。
"一星两弹"图防悍，
四海五湖驰仰攀。
气贯长虹功盖世，
"毛公宝鼎"镇奸顽。

2013 年 11 月 1 日

登月

一箭腾飞刺碧空，
今朝火了广寒宫。
嫦娥舞袖和新曲，
玉兔粘蟾秀腿功。
万众舒心圆夙梦。
千帆破浪驾长风。
合家欢聚须何日？
大路通天正筑中。

2013 年 11 月 27 日

扫黄感赋

甲午开元，继广东东莞集中"扫黄"之后，浙江甘肃山东黑龙江等地也相继开展突击"扫黄"。

神州又见起青楼，
滚滚黄潮一任流。
凤烛残宵皆是泪，
春歌婉晓不知愁。
无为腐政踌躇乐，
多少良家独自羞。
欲海难平天震怒，
污泥荡去好行舟。

2014 年 2 月 15 日

"双日"感赋

甲午初始，我国将 9 月 3 日、12 月 13 日分别确定为抗战胜利纪念日、南京大屠杀死难者国祭日。

霹雳光天混沌清，
雄狮梦醒鬼神惊。
三千万众英灵慰，
十四亿人豪气生。
碧海扬波卷白浪，
青锋出鞘指东瀛。
大旗奋处妖魔遁，
世界和谐庆太平。

2014 年 3 月 1 日

咏丁香

又是春来花正忙，
青城最火紫丁香。
枝头苞蕾千千结，
蕊里情缘一一藏。
纵放中华呈国色，
遐传四海冠群芳。
红蓝粉白姿容动，
雅秀清柔意韵扬。

2014 年 4 月 18 日

世界读书日五题（辘轳体）

世上为人必读书，
浑身是胆走江湖。
千车可晓千秋事，
万卷能行万里途。
十载寒窗图济世，
一枝秃笔免扶锄。
愿君苦学韦编绝，
锦绣前程似画图。

悠悠万事何曾大，
世上为人必读书。
住寓择邻无白翳，
交朋觅友尽鸿儒。
悬梁刺股传佳话，
映雪囊萤记翠疏。
最是三迁贤孟母。
娇儿不学断机纾。

错把悬壶当酒壶，
聪明反倒犯糊涂。
心间悟道须存善，
世上为人必读书。
碧玉姿颜诗里有，
黄金宝物草中无。
少年壮志笃勤学，
大路通天入帝都。

春秋一部细风梳，
十亿神州有大儒。
踏遍诗山山未老，
游环学海海如初。
心中虑事常怀梦，
世上为人必读书。
力拔千钧豪气盛，
英才智锐可吞吴。

滚滚潮流天下是，
洛阳纸贵已名徒。
商家眼里钱财贵，
学子心中竹帛虚。
幸得贤能兴岳麓，
欣将故旧换桃符。
欲穷千里登楼望，
世上为人必读书。

2014 年 4 月 24 日

洪洞寻根

问君故土在何处？
千里来寻鹳雀楼。
鹳雀窝前诗默诵，
大槐树下泪长流。
南腔北调合家乐，
祖位宗牌众户求。
滚滚黄河东入海，
中华一统写春秋。

2014 年 6 月 18 日

和习近平主席《军民情·七律》

今年建军节，新华网发表中共中央总书记、国家主席、中央军委主席习近平于 1991 年 1 月 9 日创作的《军民情 七律》，恭拙奉和。

绿水行舟望岳青，
神州万象正更新。
雄师壮立凌云志，
百姓忧怀报国心。
大地欣求风雨顺，
蛟龙乐见海洋深。
万泉河曲沂蒙调，
军爱人民民拥军。

2014 年 8 月 5 日

甲午中元神木感咏

陕北度中元①，
登临笔架山。
清心偕玉女，
虔意拜诸仙。
景在青峰下，
人欢绿水前。
麟州今胜昔，
天外有云天。

2014 年 8 月 10 日

【注】
① 8 月 10 日适逢中元节（农历七月十五）

科尔沁诗人节咏贺

时来塞牧惠通辽，
箭手敲诗起韵潮。
摘句寻章擎大纛，
吟风诵雅育新苗。
传承李杜千年盛。
续接蒙元万代骄。
济世当歌耽好律，
潜心铸剑淬狂烧。

2014 年 8 月 17 日

生日感怀

余与糟糠异庚同辰，今岁巧在九旬岳母家庆生。心多感慨，乐而走笔。

夫妻双戴寿星帽，
满院生辉火烛红。
四十七年牵玉手，
金秋时节沐清风。
堂前岳母神鲐背，
膝下群孙跟屁虫。
莫道桑榆今向晚，
悠然自乐老诗童。

2014 年 9 月 2 日

乌兰夫同志诞辰 108 周年、从事地下工作 80 周年致贺

岁出期颐璨寿光，
丰碑屹立聚星堂。
寒窑土校传真理，
铁马金戈战恶狼。
大统草原功盖世，
广延仁德爱归乡。
借君一副英雄胆，
射得神雕祭圣王。

2014 年 10 月 20 日

和范曾先生

2014 年 10 月 21 日上午，北京大学中国画法研究院院长范曾主持学习习近平总书记在文艺工作座谈会上的讲话研讨会，范曾等九教授限韵作诗。现依范曾先生原韵奉和：

神州拨雾灿朝阳，

万紫千红国色香。

圣地难容藏浊秽，

文坛急盼著华章。

开花无果非良态，

入土生根是顺常。

又见延河潮水涌，

英才奋发向农庄。

2014 年 10 月 29 日

咏乌梁素海

瑶池赐落大山边，
万顷烟波映碧天。
玉鸟锦鱼同戏水，
香蒲绿苇共摇涟。
驱倭灭寇丰碑在①，
兴旅扶游美誉传。
莫惹仙尊王母怒，
子孙代代福增延。

2014 年 11 月 4 日

【注】

①　驱倭灭寇指 1940 年 3 月 22 日，在五原战役中兵败溃逃的日本陆军中将水川伊夫被傅作义部游击部队击毙在乌梁素海，这是侵华日军被击毙的最高级别将领之一。

南非随吟

天祥七彩稠，
地利一阳柔。
黑白惊千域，
钻金冠五洲。
今朝当做主，
永世不为奴。
路带开新宇，
邦朋搭巨舟。

登迪拜塔

一塔屹中东，
巍然入碧空。
明知游吉地，
疑是逛天宫。
眼诧市人异，
心怀真主同。
满楼华夏造，
路带起和风。

2015 年 4 月 17 日

过五家尧①

遥望琼楼接碧霄，
近看却是五家尧。
大棚沃野垒金玉，
小卧田畴穿路桥。
漫瀚声声一沟绕，
瑶琴阵阵满村飘。
原来最数农家乐，
爵禄如云冷眼瞧。

2015 年 5 月 7 日

【注】
① 五家尧是鄂尔多斯市准格尔旗十二连城镇的一个行政村。

观莫高窟

万窟天神妙手雕，
一山壁画彩云飘。
五洲客旅皆朝拜，
四海宾朋尽折腰。
国运兴时香火旺，
民心向处佛光昭。
敦煌宝藏传千古，
华夏龙魂震九霄。

2015 年 7 月 28 日

大阅兵

抗战功垂大阅兵，
长安街上滚雷声。
雄鹰猛隼横空掠，
铁马金戈亮剑行。
异域军戎展风采，
中华壮志铸龙城。
留将正气冲霄汉，
强掳灰飞享太平。

2015 年 9 月 3 日

咏社会主义核心价值观

字字珠玑治国珍，

江山似锦好风熏。

千秋共逐炎黄梦，

万代同凝华夏魂。

古训今箴要牢记，

家规民约必严遵。

云清日丽花香艳，

大道通天又一春。

2015 年 10 月 12 日

习马会感赋

2015 年 11 月 7 日下午，习近平在新加坡会见马英九，实现了自 1949 年以来两岸领导人的首次会面。

煮豆燃萁几十秋，

而今一握泯恩仇。

不忘讨伐刀枪舞，

永记驱倭血泪流。

妈祖千年濒海望，

富春两段使人愁。

何当圆月长天挂，

华夏风光冠九州。

2015 年 11 月 10 日

兴安颂

今日红城有好诗，
天骄圣地正逢时。
遍栽峰岭千秋树，
大统川原万代旗。
泉水蒸云喷玉液，
子规滴血秀芳枝。
欲将州府比雄旅，
此处当为第一师。

咏三角梅

生由国色紫含红，
开遍東西南北中。
老干新枝捧三角，
墙篱井圃覆千蓬。
清香淡淡梅英韵，
俊貌谦谦君子風。
春夏秋冬花不败，
丹心一片向苍穹。

2015 年 12 月 13 日

奶茶吟

香飘千载遍天涯，
北调南腔众口夸。
薪火铜壶煮银液，
驼铃古道送奇葩①。
一身汗下全消恙，
七碗风生不恋家②。
四野牛羊欢绿浪，
奶茶壮我大中华。

2015 年 12 月 23 日

【注】
　①　"奇葩"指砖茶。
　②　"七碗"用典，唐朝卢仝有"七碗茶歌"："…七碗吃
不得也，唯觉两腋习习清风生。"

解放军列五大战区感赋

布阵东西南北中，
蓝天八一战旗红。
三军将士开新旅，
万里长城灿彩虹。
亮剑严裁巨无霸，
横眉冷向小爬虫。
雄师虎踞和平在，
怒吼神威震太空。

2016 年 2 月 1 日

和题图单车拉母亲周游天下

无权无势也无钱，
一辆单车感地天。
竖子晨昏力行善，
高堂耄耋尽开颜。
宏图事业民勤奉，
锦锈江山梦好眠。
传得前贤仁孝礼，
中华再盛五千年！

2016 年 2 月 28 日

咏昭君

千秋功过说昭君，
胡汉和亲铁有文。
大漠水肥滋绿草，
中原楼萃绕祥云。
画图泯灭黄金贱，
风貌娉婷青冢薰。
茶马铜铃今又响，
迢迢路带共欢欣。

2016 年 3 月 27 日

登敬亭山

阳春来拜敬亭山，
万众登攀只为仙。
绿雪珍茶滋肺腑，
红枫玉树结情缘。
翠云庵小思君处，
皓月湖深流泪泉。
太白像前留笑影，
风流不过写诗篇。

2016 年 4 月 12 日

访小占村①

入夏寻诗小占行，

黄河碧水浪波平。

八年抗日留壕堑，

三省闻鸡竞富荣。

装点村庄迷眼乱，

安宁妇孺静心清。

和风拂柳山花艳，

漫瀚乡歌抖几声。

2016 年 5 月 13 日

【注】

① 小占村是鄂尔多斯市准格尔旗龙口镇的一个自然村。村头立有蒙、晋、陕交界碑。该村曾是抗日英雄村，村中墙壁上还留有当年鏖战的弹洞。

游阿尔山

天蓝云白苍松翠，
石怪花红芳草荣。
仙鹤湖中群鸟戏，
驼峰岭上碧池平。
东南西北尽融景，
春夏秋冬皆忘情。
四十八泉喷圣水，
子孙万代乐丰盈。

2016 年 6 月 17 日

斥仲裁闹剧

南海乱云飞渡狂，
五洲舆论说纷扬。
千秋史记非他地，
万古天知是我疆。
满纸荒言欺世界，
几条恶棍逞魔王。
中华祖产岂容动？
老子敢开第一枪！

2016 年 7 月 15 日

题准格尔石寨

雄端绝壁守偏关，
俯瞰黄河望远山。
胜境为名包子塔，
钟灵作伴老牛湾。
千秋万代仰仙寨，
四海五洲骄玉颜。
一部经书石头记，
猿人磨过不回还。

2016 年 8 月 5 日

"一带一路"礼赞

茫茫大漠驼铃脆，
漫漫雄关马队长。
万里云天连异域，
千年丝路洒余香。
舟行四海风帆顺，
物换五洲生意忙。
古道新途谱锦绣，
真情好梦架桥梁。

2015 年 3 月 25 日

【注】
此诗荣获 2015 年中宣部组织的"庆七一"全国征诗大赛一
等奖。

与达旗诗友聚会感赋

春风又过树林召，
会友敲诗品小烧。
二妹频望白云寺，
喇嘛急著紫红袍①。
响沙漫漫歌新曲，
神电幽幽架彩桥②。
一碗酸粥千滴泪③，
归根叶落尽心描。

2016 年 3 月 25 日

【注】

① 达拉特旗流传着喇嘛哥哥和二妹妹的宗教情歌"瞭见王爱召"。

② 响沙即指响沙湾，是著名景区；神电指达拉特电厂。

③ 酸粥是晋陕和内蒙古西部鄂尔多斯、巴彦淖尔等部分地区的传统美食，即把小米（糜子米）发酵后熬制的粥，酸甜可口，下火扛饿。

和友人"黑河秋感"

露重天高枕渐凉，
飘飘落叶渗轻霜。
花残草败风扶柳，
云薄雾轻水映杨。
雁叫三声千里远，
心存一瓣万年香。
月圆月缺撩人醉，
欲了情缘也不妨。

2016 年 9 月 23 日

步韵和冯永林同志

北疆似在彩云间，
千里川原尽玉田。
劲舞欢歌鸿雁往，
扬眉吐气格桑鲜。
昭君无怨弹新韵，
圣武通灵射雅弦。
我欲还童跨天马，
追风逐月着先鞭。

2016 年 10 月 20 日

纪念绥远抗战 80 周年

他年大漠草萋枯，
雪压霜欺鸟雀诛。
拼杀一冬倭伪溃，
连传三捷古今殊。
舍生甘作无名鬼，
誓死不当亡国奴。
绥远军民凝众志，
中华抗战入新途。

2016 年 11 月 11 日

和周鹏江

中华诗词学会通知，我区准格尔旗、正蓝旗、多伦县被授予"中华诗词之乡"称号，另有13家单位被授予"中华诗教先进单位"。喜不自胜，夜难成寐。得鹏江雅律，步原玉奉和。

大风起处曲声扬，
雅籁萦盘正北方。
牧户农家盈喜气，
冰天雪地灿霞光。
笑看草绿千重浪，
引得花红万里乡。
直挂云帆向沧海，
百舸竞渡不迷航。

2016 年 12 月 21 日

和张福勋"包头师院荣获中华诗教先进单位"

日久劬劳培绿针，

杏坛诗苑两情深。

一腔热血如涛水，

满腹经纶是国琛。

学子终登状元榜，

功夫不负老臣心。

云天万里春风劲，

鹏鸟岂能归故林。

步原玉和汪支平同志

覆地翻天对客多，

吠尧吠舜又如何？

附庸邦国寻新路，

做主人民唱赞歌。

梦里萦怀岭山塔，

心中眷恋万泉河。

千秋功过任评说，

惟见长江涌浪波。

2016 年 12 月 24 日

和尹彩云"贺文联十大作协九大召开"

丹青妙笔入骚坛，

太液清流出碧泉。

八月香随梦中蝶，

三生愿伴屋前燕。

轻鸾起舞催春至，

翠玉成妆蘸韵镌。

莫道缘來相识晚，

乘风携手种诗田。

2016 年 12 月 27 日

和贾云程纪念毛主席诞辰 123 周年

开天辟地大工程，

力拔山兮气势宏。

万马千军踏三国，

五洲四海盖群英。

炎黄震世凭魂魄，

螳臂当车任竖横。

时代潮流轮替去，

人民十亿唱红声。

2016 年 12 月 26 日

和李福江"闻台湾升起五星红旗有作"

花开第一枝，
竖起五星旗。
眼放多看察，
心宽少虑思。
东夷他国种，
宝岛我家私。
兄弟回归日，
春来正好时。

2017 年 1 月 3 日

和苏怀亮"迎新年兼六十感怀"

雄鸡一唱知花甲，
耳顺虽然论理真。
南北东西皆去路，
诗词曲赋最生津。
骚坛玉立常青树，
塞上温舒不老身。
水复山重终有尽，
数过四九入阳春。

2017 年 1 月 1 日

和冯永林"画雄鸡"

赤遍神州第一冠，
生来接地笑飞翰。
天天唱晓常惊梦，
代代称雄不做官。
直报五更明与黑，
任凭四季暑和寒。
金鸡画罢情难尽，
汗血青龙快上鞍。

2017 年 1 月 10 日

赠龙之媒文化公司

草原玛瑙满盛盘，
天下佳肴第一筵。
冷热香甜肥辣瘦，
烹蒸炖烩烤烧煎。
犹闻牧野长歌起，
似见敖包篝火燃。
成吉思汗射雕处，
龙媒蒙翠正当先。

2017 年 1 月 25 日

读王利田散文"腊八的红腰子"

腊八粥甜腰子红，
万千感慨两心同。
周身流淌炎黄血，
一笔传承孔孟风。
酒肆逢缘结兄弟，
诗坛有幸出豪雄。
寒门自古多才志，
马踏飞鸾逐梦中。

2017 年 1 月 19 日

赠水知道矿泉水公司

兴安巍峻宝成堆，
阿尔山中鸾凤来。
独领风骚水知道，
相酬志愿梦萦回。
丝丝爽气舒心肺，
汩汩灵泉祛病灾。
路带融通风正好，
英雄策马踏云埃。

2017 年 1 月 17 日

赞土右诗社并杜华社长

忽见群儒拥杜华，
诗敲土右得凭他。
当年仕进抒情志，
今日休闲种豆瓜。
老骥扬蹄千里路，
夕阳炫彩满天霞。
闻鸡起舞春心漾，
宋雨唐风入万家。

2017 年 3 月 11 日

贺高原露杏花节

大河畔上最风流，
红杏妖娆花正稠。
淡粉如云敷素面，
柔情似水出墙头。
梅魂雪韵三春美，
玉洁冰清一世求。
半抱微寒争早发，
残尘零落暗香悠。

悼布赫副委员长

沙尘催梦送春归，
柳絮含悲戴孝飞。
敕勒川中怀大志，
延河水畔举旌旗。
一生报国丹心瘁，
三代勤民寸草晖。
漫卷诗书骑鹤去，
只留翠岭见峨巍。

2017 年 5 月 6 日

中国首次成功试采海域可燃冰感怀

谁云冰火不相容，
又见腾飞中国龙。
万丈深洋喷烈焰，
千秋美梦燎寒冬。
哪吒有意风轮助，
铁扇无为圣子从①。
鸿运时来向华夏，
摩天一柱九岚重。

2017 年 5 月 20 日

【注】
① 圣子指《西游记》中铁扇公主和牛魔王的儿子圣婴（红孩儿）。

五原遇插队知青

采风赴五原县新公中镇西杨六圪旦村，遇47年前在此插队的天津知青张一，他和几位天津知青每年都要到第二故乡居住几月。西杨六圪旦正在建设"知青村"。

惜别乡亲五十秋，
知青岁月梦中留。
难忘盛夏酸捞饭，
好挤严冬热炕头。
黄土犁开一生福，
春风扫尽满天愁。
老来惯住农家屋，
不为儿孙作马牛。

2017年6月16日

咏五原县绿色崛起

恍如梦里下江南，
绿满城乡绿满川。
耳畔乱莺鸣翠柳，
田间紫气廓青天。
谁描一幅新图画，
却复千秋大自然。
草木无言花正好，
清风起处奏鸾弦。

2017 年 6 月 21 日

观五原农耕文化博物馆

漫漫金川舞彩绸，
诗书万卷说从头。
扶犁拽耙耕明月，
改水移山扮绿州。
千古浮云千古梦，
一层沃土一层楼。
而今细把家珍数，
又见黄河逐浪流。

2017 年 6 月 30 日

母亲广场感怀

　　五原县和胜乡新永四社（赵大圪旦）建有母亲广场，三题源于北师大学子、原新华社社长、现中国记协主席田聪明的通讯"妈妈的心"。母亲广场有田母半身塑像。田聪明官高而事亲至孝，影响带动该村 50 多名学子考入大学。该村被称为"学子村"。

分明突兀见亲娘，
伫立凝眸泪满裳。
孟母择邻昭日月，
田家笃孝出贤良。
千秋未断手中线，
万代难寻碗里香。
巨笔如林海当墨，
乾坤作纸话犹长。

2017 年 6 月 26 日

总干广场寄怀

　　七十年代曾担任巴彦淖尔盟盟委书记的李贵同志，决策并带领全盟干部群众接连多年挖总排干，有效地遏制了盐碱，同时打造出了真抓实干、艰苦奋斗、自强不息、造福百姓的"总干精神"。五原县和胜乡在李贵蹲点三年的老姑圪台村建起了"总干广场"。

锁定黄龙主义真，
誓将盐碱化金银。
千军万马战天地，
四复三番惊鬼神。
壮志涤除心腹患，
豪情描绘洞庭春。
油灯土炕今安在，
接棒欣来撸袖人。

2017 年 7 月 6 日

誓师广场抒怀

　　五原县建起誓师广场纪念"五原誓师"。1926年9月17日，有"倒戈将军"之称的冯玉祥在五原誓师，率领西北军出潼关参加北伐战争。

乱世英雄未等闲，
誓师台上气冲天。
旌旗隐见挟新雨，
口号犹闻震绿川。
操柄作成秦楚事，
盖棺书就是非篇。
黄河不语东流去，
一座城雕万古传。

2017年7月7日

登天宝寨

久欲登临十八盘，
而今如愿鬓毛斑。
林深栈险凌峰顶，
气爽神怡望佛颜。
悍将难取天宝寨，
英才已过美人关。
千年翠柏生机在，
光武中兴不复还。

2017 年 10 月 13 日

访花驼村

层林尽染访花驼，
红柿枝繁故事多。
巉峭山中成利器，
血仇场上杀东倭。
满村闭锁功勋库，
举国飞扬胜利歌。
却有中年贫困汉，
藏珍守护任消磨。

2017 年 10 月 13 日

咏十九届一中全会召开

盛会如雷震九天，
中华各族喜空前。
红船驶入新时代，
妙手翻开大续篇。
众志圆成强国梦，
一心掘出富民泉。
江山又有才人萃，
再借和平三十年！

2017 年 10 月 25 日

步原玉和郑欣淼会长七律《七十咏怀》五首

其一

七彩人生奏律旋，古稀初度甚怡然。
渭川泥土滋清气，京国韶光照紫烟。
谨慎应酬繁密事，从容享得太平年。
夕阳虽晚余霞在，早与群星结善缘。

其二

走笔文章不看钟，惯于长夜等鸡公。
精忠报国真名帅，雅韵哀民亦圣雄。
满腹才情凝巨著，一生心血化长虹。
诗词散曲花齐放，香遍东西南北中。

其三

一座皇宫谓大观，烟云浩瀚任研探。
呕心勤瘁丝成雪，倡学维艰青胜蓝。
万水千山能达越，三番四覆总通谙。
喜看才俊应时出，聚宝盆中正酷耽。

其四

才艺傍身步履匆，朝追骏马晚追鸿。
镜中搬入山千座，眼里流连水万重。
草长花开映荣落，民生国计荡心胸。
相机未老人依旧，美丽神州踏印踪。

其五

尽染层林好个秋，金风送爽上云楼。
创乡每得心中乐，耽句常思梦里求。
世事纷纭扬正义，人生坎坷弃浮沤。
古稀幸入新时代，喜看乾坤清气留。

2017 年 10 月 30 日

贺八里铺农民诗社成立 <small>（新韵）</small>

秋来八里铺，

肃爽满乡城。

童叟学唐宋，

干群结友朋。

脱贫诗万卷，

圆梦画千重。

毕竟凤龙韵，

一鸣天籁声。

2017 年 11 月 3 日

游康巴什新城即咏

疑在梦中天上行，

鬼城一变是神城。

祥云缭绕琼楼现，

碧野欢欣紫气生。

玉鸟朝阳鸣圣地，

红灯伴月乱星营。

五洲客旅来迟悔，

到此谁游沪广京？

2017 年 8 月 21 日

补课潮感怀

至圣文宣孔夫子，
十条腊肉腐于今^①。
可怜父母教儿切，
却看师生补课深。
一坐杏坛银满钵，
百无童趣泪沾襟。
潮流滚滚人间是，
桃李成蹊上石砧。

2017 年 8 月 7 日

【注】

① 十条腊肉：孔夫子规定的拜师礼。孔子要求他的学生必须送他十条腊肉干作为学费。

贺卓资首届美食旅游文化节开幕

桌子仙山盛宴开，
金风送得酒肴来。
嫦娥顿下思凡泪，
王母求当祝寿台。
成架熏鸡行万里，
揭笼莜面值千财。
此生不食卓资饭，
枉到人间走一回。

2017 年 8 月 26 日

步韵和赵光荣为母祝九十二大寿

折桂奇香又一枝，
金风送爽正佳期。
前朝未见青春影，
盛世常端白玉卮。
尽享安康超百岁，
延恩日月颂千诗。
方家欲问养生道，
不慕浮华心善慈。

2017 年 9 月 7 日

土默特学校诗教感咏

平川沃野育摇篮，
桃李成蹊三百年①。
长夜难明撒星火，
前贤了悟上红船②。
千磨不改教魂在，
十指相携血脉连。
朵朵鲜花诗作伴，
香飘万里醉云天。

2017 年 11 月 8 日

【注】

① 土默特学校是内蒙古历史最悠久的一所蒙汉合一的学校，建校近 300 年了。

② 土默特学校是乌兰夫、布赫等老一辈无产阶级革命家的母校，乌兰夫曾在这里从事过地下工作，也是从这里出发去到延安。

教魂吟

　　在青城土默特学校校园里，有全国人大常委会原副委员长布赫生前题写的"教魂"石刻。

草原铁马向刀兵，
朗朗诗书第一声。
千字文章说中国，
几尊雕像感苍生。
斗星有易初心赤，
桃李无言壮志宏。
欲问教魂何处在，
笑看土校百花明。

2017 年 12 月 13 日

贺尚一波先生《拓荒者的故事》出版

圣主军中好汉多，
龙腾凤舞战山河。
乌金滚滚仰天笑，
沙海茫茫动地歌。
奥妙风云常变幻，
峥嵘岁月未蹉跎。
拓荒颂述三千卷，
笔走龙蛇尚一波。

2017 年 11 月 15 日

贺达拉特诗词学会成立

沿河漫漫米粮川，
滩外沟梁土石山。
梦里神牵王爱召，
耳边醉听响沙湾。
乌金滚滚生龙彩，
绿海茫茫灿笑颜。
今日高吟风雅颂，
红旗一路过雄关。

贺乌拉特前旗诗词学会成立

河海山原风水荣，

英雄奋起建功名。

卧羊台上点兵马，

佘太川前扎寨营。

万古云烟皆散去，

千秋梦想正圆成。

诗人不愧新时代，

一路高歌纵放情。

2017 年 12 月 23 日

贺石富生《人生有情》出版

笔走龙蛇只为情，

写朋写弟写仁兄。

文章著述新闻事，

道义担承赤子名。

知己常逢醉陈酒，

棋迷惯对点雄兵。

古稀养得老来俏，

立地青松石富生。

2017 年 12 月 27 日

悼田聪明同志

新华通讯社原社长、党组书记，中国记协前主席田聪明同志因病于昨日逝世，享年74岁。

秋高通话笑谈微，
数九寒天噩耗飞。
国事劬劳酬夙志，
娘亲反哺报春晖。
常担道义口碑在，
不染尘霾衣带肥。
教诲谆谆时缅忆，
京城东望痛嗟欷。

2017 年 12 月 27 日

悼周尚仁老师

耄耋年华似水流，
二中欢度说从头①。
才谋初展宏图阔，
奋斗终赢壮志酬。
师表长存昭日月，
恩慈不忘感春秋。
西行驾鹤君先去，
旧部归来再共舟。

2018 年 1 月 2 日

【注】

①　二中指内蒙古乌拉特前旗第二中学。周尚仁老师曾在此校担任过校长和书记，余曾任校团委书记、生活指导、高中班班主任兼语文教员。

赠卫庆国弟顺贺新书付梓

记得当年照片牛①，
而今故事更风流②。
寒门赤子鲲鹏志，
行伍小兵粱稻谋③。
会海行舟看凶险④，
文山逸步写春秋。
平生最喜交狂友，
嗞嘬声声一醉休⑤。

【注】

① 照片指热映于八十年代初由卫庆国编剧的刑侦剧情片《五张照片》。

② 故事指卫庆国新书《最感动我的100个故事》。

③ 行伍小兵：卫庆国是转业军人；粱稻谋即稻粱谋，比喻谋求衣食温饱。

④ 会海及下句文山，指卫庆国多年在党委、政府机关担任要职。

⑤ 嗞嘬指庆国饮酒奇特，每饮尽一杯酒嘴里便会发出一声响亮的嗞嘬声。

和李文朝将军"七十初度"

寿临七秩古来稀，

却看雄文正破题。

赶向新潮显身手，

招回旧部挂征衣。

图强圆梦平生愿，

弄韵敲诗满腹玑。

老骥奋蹄追日月，

长风万里卷云旗。

2018 年 2 月 24 日

和李文朝将军《戊戌咏春》

报国何须惜此身，

光阴碾过百年轮。

前贤慨作抛头鬼，

后辈甘为逐梦人。

壮士临危常断腕，

凤凰浴火正回春。

黄天不灭大华夏，

代代争雄日日新。

2018 年 2 月 17 日

改革开放四十年咏怀

四十年来败与成，
车轮滚滚向前行。
刑偏易养虎蝇吏，
物阜难寻冻馁丁。
看我三军多伟壮，
笑他列霸少狂狞。
而今又进新时代，
点亮心灯照远征。

2018 年 2 月 23 日

为《实践》创刊 60 周年作

朔方一盏聚光灯，
万里征途众手擎。
岁月难熬悬步走，
青春不悔用心耕。
是非曲直求真理，
毁誉悲欢发正声。
吾辈诸君多实践，
文通地气好成名。

2018 年 3 月 7 日

【注】
实践杂志是内蒙古自治区党委机关刊物。

贺武川诗词学会成立

一曲高歌唱武川，
农家三宝梦中牵①。
万年部落开荒野，
五桂君亲励后贤②。
抗日功成根据地，
扶贫惠出艳阳天。
唐风又起新时代，
凤舞龙飞续雅篇。

2018 年 3 月 21 日

【注】

①　三宝指武川县的山药（土豆）、莜面、大皮袄，也有说武川三宝是山药、莜面、炖羊肉。

②　五桂君亲指武川在北朝后期曾属北周，北周的五位皇帝都是武川人。

时事咏怀

近日，美国挥舞301"关税大棒"欲对中国发动贸易战，所列清单数额之大、增幅之快、时间之紧，世所罕见。

川普疯狂魔棒挥，
太平洋上乱云飞。
列单只是小游戏，
亡我方为大动机。
万众倾身护家国，
三军亮剑显雄威。
凤凰浴火朝天笑，
试问中华怕过谁？

2018年4月7日

中华首届诗人节感怀

　　2018年6月18日，中华诗词学会荆州会议将端午节定为"中华诗人节"。

龙舟竞渡粽香浓，
浩瀚云天架彩虹。
骚客争来荆楚地，
神州崛起汉唐风。
一腔热血圆诗梦，
万里长江荡圣雄。
正是潮平帆挂处，
闯关莫笑白头翁。

2018年6月19日

卓资古榆

康熙避雨大榆树，
已向苍天五百年。
绿水为邻三结义，
青山做伴四环连。
老龙头俯无言语，
背印洞幽藏帝仙。
从古到今求不得，
只留驿道福长延。

2018 年 9 月 1 日

访林胡古塞（新韵）

卓资乡旅运飘鸿，
蛮汉山中舞巨龙。
叠翠浮云穿栈道，
流金溢彩走星宫。
勾描春夏秋冬景，
汇聚东西南北风。
试问何方甲天下，
林胡古塞逞豪雄。

2018 年 9 月 2 日

访卓资逸夫小学

小小导游员，
俨然容貌端。
主持如乐奏，
背诵似河湍。
恍若穿唐宋，
分明在杏坛。
催行笛声紧，
一步一回看。

2018 年 9 月 5 日

访大庆街小学

倏尔雪花飘，
红装分外娇。
童声吟韵句，
小手拍歌谣。
律绝由心赞，
文图会意瞧。
归家排队诵，
雅籁入云霄。

2018 年 9 月 6 日

谒谢安墓

催马上虞快下鞍，
谢公墓侧整衣冠。
东山再起创勋业，
淝水又功挽巨澜。
黎庶丰盈弘德厚，
庙堂稳固赤心宽。
为人入仕如安石，
遍地乌纱尽好官。

2018 年 9 月 27 日

参观卓资县乡愁回忆馆

收藏一馆客源稠，
忆及当年热泪流。
小坐娘铺土坯炕，
凝观父执柳箩头。
锅瓢碗盏盛酸楚，
耙杖犁耧写苦忧。
缕缕乡愁挥不去，
归来把酒话春秋。

2018 年 10 月 9 日

为李斌会长广宴赋诗以记 （新韵）

一片虔诚谢李斌，
敲诗路上立功勋。
大唐韵起红旗舞，
学会春回气象深。
万语千言讲词法，
三皇五帝震鸾林。
今宵宴唱凌云志，
又捧铮铮赤子心。

2018 年 10 月 20 日

悼刘少华

刘少华，内蒙古日报首席记者，范长江新闻奖得主。回忆母亲的散文《丁香花开的时候》是其成名作。因病医治无效于2019年初去世。

风驰噩耗到天涯，
面向波涛哭少华。
道义担肩挥妙笔，
丁香沁骨忆亲妈。
生前塌下千条路，
走后铺开万丽霞。
驾鹤追云君已去，
新闻战队折奇葩。

2019 年 1 月 20 日

贺八里铺农民诗社一周年（新韵）

冬来八里铺，热浪涌村头。
老少口中诵，诗词笔底收。
脱贫当劲舞，致富更酣讴。
盛世风骚起，欢歌咏若流。

2018 年 11 月 14 日

送杨慎和同志

　　惊悉老友杨慎和因肝移植失败辞世，哀痛何极！慎和由新华社内蒙古分社摄影记者而任《党的教育》副总编，一生勤勉，为人厚道，作品丰盈，交友甚多。忆四十年交谊，潸然泪下，以诗送之，聊寄哀思。

西风飒飒叶残飘，
闻道肝移愁水浇。
一纸凶书随梦至，
千层冥币照天烧。
不忘浊酒情绵厚，
常忆新闻路远迢。
身体发肤浑莫换，
原装跨过奈何桥。

2018 年 11 月 14 日

赠堂妹贾璐①

寥廓江天起瑞云，
红霞一朵不沾尘。
甘当社会和谐器，
勇做人民保护神。
圆梦兴邦横海志，
相夫教子女儿心。
今朝巧借东风力，
又踏征程入丽春。

2018 年 11 月 17 日

【注】
贾璐为内蒙古三恒（呼和浩特）律师事务所主任。

赠田学臣同志

万丈深根扎草原，
心潮似水荡云天。
诗坛唱和情怀合，
宦海携游血脉连。
每遇雄关并肩度，
从来贺酒醉魂眠。
此生幸得一知己，
七彩黄昏奏凯旋。

2018 年 11 月 23 日

和冯永林

悠悠岁月耐消磨，
渐入智能欢乐多。
世界神奇除旧貌，
人民幸福唱新歌。
千杯助我敲唐宋，
百岁还童耍罩罗。
一笔直书怀素草，
心如瀚海面常酡。

2018 年 11 月 30 日

金婚感赋（新韵）

　　余与糟糠属娃娃亲，又是同辰，今逢金婚，百感交集，诗以
记之。

甘苦熬成濡沫亲，
蓦然屈指已金婚。
姻凭媒妁十来岁，
膝绕儿孙一大群。
竟日相看终养眼，
今生有契喜同辰。
巫山沧海皆曾过，
再做青梅竹马人。

2018 年 12 月 14 日

咏卓资县被命名为"中华诗词之乡"并赠县委县政府

头雁高飞群雁从，
卓资卷起汉唐风。
大榆树老新枝发，
旗下营深硕果红。
万众欢歌脱贫曲，
千秋永载富民功。
诗乡创建如添翼，
直上青云邀碧穹。

2018 年 12 月 18 日

赠内蒙古广达物资商贸有限公司并李守效董事长

百强民企竞风流，
广达扬帆最上游。
廿载图新名四海，
一朝开泰旺千秋。
举杯邀月将军笑，
泼墨挥毫书画牛。
浩荡东风频送力，
扶摇快步入云楼。

2018 年 12 月 22 日

词

忆江南·海南好四阕

琼州好，碧水浪滔滔。论坛评谈天下计，南沙掀动世间潮，文武竞折腰。

琼州好，人在画中游。草盛花香蜂乱舞，林深藤绕鸟鸣啾，椰果挂枝头。

琼州好，热带雨霏霏。四海客迎红日去，五洲人载碧波归，醇酒蟹虾肥。

琼州好，三亚最销魂。海角无心风送雨，天涯随意水推云，悠梦赛仙人。

2010 月 5 月 2 日

沁园春·辽宁舰南海首训

我国辽宁舰航母 2013 年 11 月 26 日从青岛启航，11 月 29 日抵三亚某军港，12 月 5 日出海试验和训练。

壮哉辽宁，博大恢宏，气宇轩昂。任风高浪激，雄鹰翼展；水深海阔，巨舰鱼翔。妖雾翻腾，电磁干扰，更有豺狼挡道狂。我航母，敢凛然亮剑，毕露锋芒。　　东瀛重又嚣张，甲午耻，百年未淡忘。看革新开放，民安国泰；和平崛起，本固邦强。欧美勾联，菲倭沉滢，亚太乌云遮日光。

快来也，算前仇宿债，一并清偿！

2013 年 12 月 25 日

自度曲·秋到九寨沟六阕

　　秋到九寨沟，青山雪白头。流金溢彩飞瀑泻，柔云绕华楼。

　　秋到九寨沟，金风织彩绸。赤橙黄绿青蓝紫，人在画中走。

　　秋到九寨沟，平湖水碧透。含情脉脉送秋波，鱼在天上游。

　　秋到九寨沟，野果挂枝头。茫茫芦苇扫白云，绿鸭水上浮。

　　秋到九寨沟藏寨更风流。盛宴迎客舞长袖，欢歌笑语稠。

　　秋到九寨沟，一步一回头。九寨美景看不够，何日再重游？

2013 年 10 月 22 日

一剪梅·题通辽雪景

　　塞北河山巧手描，风冽萧萧，瑞雪飘飘，银装素裹俏通辽。人也逍遥，景也妖娆。　　忽见鲜苗绿丽谯。不染轻佻，韵味难消，任由冰雪压花凋。我自清瑶，乐在明朝。

2014 年 12 月 15 日

十六字令·腊八感怀三首

　　粥，万户千家锅里稠。甜粘醉，一碗解忧愁。

　　粥，八宝珍馐在里头。尝滋味，却见泪长流。

　　粥，华夏一熬千万秋。寒冬末，春近月如钩。

2015 年 1 月 26 日

十六字令·水镜湖随吟三首

湖，水镜波平入画图。登高望，瑶苑北天殊。

湖，沙柳青青百鸟凫。舟行稳，一片蛙声呼。

湖，大漠高原嵌宝珠。灵泉涌，喜望彩云舒。

2015 年 5 月 4 日

沁园春·党旗颂

镰斧擎旗，碧血丹心，猎猎飘红。忆长征万里，烁今震古；抗倭八载，伟绩丰功。立国兴邦，救穷治白，两弹一星旷世雄。蓦回首，惊险途坎坷，雾锁苍穹。　　神州浩气排空，春雷动、旋来世纪风。喜倡廉惩腐，月明日朗；扬清激浊，官正民丰。四海怀欣，五洲称誉，路带条条驾彩虹。扬眉笑，看中华圆梦，寰宇和同。

2015 年 5 月 18 日

忆秦娥·步原韵和沈鹏先生

　　歌声激，抚今追昔心潮击。心潮击，鹰隼横空，如鸣飞镝。　　中华圆梦从来急，人民所向邦家立。邦家立，挺胸阔步，百年完璧。

2015 年 9 月 13 日

十六字令·霾三首

　　霾，朗朗乾坤妖雾来。愁眉锁，魔盒是谁开？

　　霾，毒酒千杯自酿灾。抬望眼，长啸叹悲哉！

　　霾，蔽日遮天不自哀。金猴奋，铁棒扫尘埃。

2015 年 12 月 9 日

菩萨蛮·贺巴彦淖尔微信公众平台开启

千年河套天知道，人人爱唱爬山调。八百里平川，瓜粮顶桂冠。　　酒陪酸烩菜，敲韵成流派。若欲上高楼，功夫在外头。

2016 年 1 月 24 日

鹧鸪天·小院

狗吠鸡鸣喂马牛，合家老少乐悠悠。酸甜苦辣锅瓢素，春夏秋冬岁月稠。　　人已去，院空留，柴门锁住万千愁。临行一掬揪心泪，点点乡思噎满喉。

2016 年 4 月 6 日

十六字令·咏磴口县詩詞学会成立五首

河，天水滔滔逐浪波。拦腰闸，古渡唱新歌。
川，七彩云霞铺陌阡。金瓜蜜，甜醉共婵娟。
沙，乌兰布和藏福娃。梨苹果，富了万千家。
山，阿贵沟中有玉仙。神泉水，祛病寿延年。
诗，磴口花开又一枝。休言晚，斗艳正逢时。

2016 年 6 月 2 日

鹧鸪天·小占村寻趣

小占诗村在水涯，开门三省入云霞。抗倭弹
洞留前壁，觅韵骚人进李家。　　尝柿子，啃西瓜，
吃完酸粥想妈妈。厨前大妹开心乐，稀客原为庄
户娃。

2016 年 8 月 5 日

鹧鸪天·陪同李文朝少将验收准格尔旗创建"中华诗词之乡"

雁阵排空秋渐凉，将军千里验诗乡。金风吹过层林染，瑞气飘来雅韵扬。　　妙语重，爱心长，传承国粹世流芳。登高极目云天外，道道霓虹溢彩光。

2016 年 9 月 30 日

鹧鸪天·呼斯梁探亲

梁外人家在峁包，小车迤逦向新寮。枝头喜鹊迎亲唱，川里村民羡眼瞧。　　刨土豆，戏羊羔，呼斯梁上肉香飘。连襟夫妇同劳作，别后犹闻自在谣。

2016 年 10 月 4 日

【注】

呼斯梁是鄂尔多斯市达拉特旗中和西镇的一个行政村，属梁外地区。这里的山羊肉驰名市内外。

鹧鸪天·"母驼喂乳"

欣闻蒙古族"母驼喂乳"（劝奶歌）成功申遗，感而成赋。

　　生母拒不乳小驼，苍天无奈老驼何。心中发下祈神愿，耳畔传來劝酒歌。　　琴泣诉，泪滂沱，回归本性乐惊哦。为民若得闻清籁，万顷汪洋息浪波。

2016 年 12 月 24 日

鹧鸪天·腊八粥

　　腊八粥粘天下牛，一年一顿醉千秋。母亲夜半灶前煮，儿女晨间碗中稠。　　冰柱上，粪堆头，碗砣滴血兆丰收。数来亲友谁尝未？共品香甜罐里留。

2017 年 1 月 5 日

鹧鸪天·小寒

塞上严凝入小寒，朔风时紧雪花翻。黄河凌块追亲结，大漠羊群躲圈餐。　　鹊筑屋，雉鸣天，南归大雁北初迁。二三九过朝年去，与友围炉笑语欢。

2017 年 1 月 5 日　腊八

鹧鸪天·腊月二十三 （小年）

清扫厅厨祭灶王，焚香献供麦芽糖。上天务请言嘉话，下界方能降吉祥。　　注水肉，转基粮，也和玉帝说端详。家家锅里安心饭，百姓请君入庙堂。

2017 年 1 月 20 日

鹧鸪天·除夕

一年最盼这一天，千家万户喜团圆。佳肴美酒飘香味，绿女红男灿笑颜。　　放鞭炮，贴春联，娱亲守岁看联欢。钟声十二入新岁，打爆机屏拜大年。

2017 年 1 月 28 日

鹧鸪天·拜年

男女老少拜大年，中华习俗在承传。亲朋喜祝发财语，童稚抢拿压岁钱。　　人易老，梦难圆，过年恰似过雄关。朝官士庶皆行礼，大义真情不一般。

鹧鸪天·立春

春打六九头一天，稀罕五九尾当先。寒风料峭雾霾淡，暖气氤氲冰雪残。　　号声亮，马蹄欢，长征路上不停闲。一年之计春为贵，撸袖冲锋过险关。

2017 年 2 月 3 日

鹧鸪天·青城逛庙会

一树桃花开正红，台前香火紫烟浓。满街锦绣驱寒气，几个猴王逗小童。　　唱大戏，舞长龙，高跷绝技显神功。乡亲拉起家常话，孙子要钱套兔笼。

2017 年 2 日

鹧鸪天·正月十五

　　连日过年起热潮,春风凑趣闹元宵。红灯绿酒人酣醉,火树银花月撒娇。　　舞狮子,踩高跷,秧歌扭出小蛮腰。汤圆一碗心甜透,福满中华我自豪。

2017 年 2 月 11 日

鹧鸪天·雨水

　　雨水时节雁未来,春风剪过染红腮。牛羊涌出成群走,冰雪消融各自哀。　　扔麻将,弃桥牌,一年农事巧安排。谁云鸡岁田难种?早把丰收拥入怀。

2017 年 2 月 18 日

鹧鸪天·二月二

　　二月开初年味收,青龙二日正抬头。南天雨润秧苗绿,北国风和暖气流。　　理秀发,使耕牛,闺中绣女下琼楼。顶凌破土摇耧种,百鸟翻飞竞自由。

2017 年 2 月 14 日

鹧鸪天·惊蛰

惊雷未响龙早升，黄河万里正开冰。小楼摇起顶凌种，大雁飞来择水行。　　虫蛰动，鸟争鸣，长空丽日映蓝晴。茫茫四野春图美，醉咏新词出口成。

2017 年 3 月 5 日

鹧鸪天·春分

昼夜时光共短长，春分揭去厚衣裳。向阳小院看芽韭，遍野轻烟走牧羊。　　风煦暖，雨清凉，三春一半配鸳鸯。桃红杏白含苞等，踏旅如云送异香。

2017 年 3 月 20 日

贺新郎·次韵和郑欣淼贺中华诗词学会成立30周年

　　雅韵何曾歇！望长天、乱云飘去，幕帷徐揭。三十春秋莺梭过，唱响欢歌咄咄。责任重、壮怀激烈，吟遍神州搔白发。自奋蹄、直放余生热。酬宿志，著鸿页。　　诗坛朝气生蓬勃。蝶蜂舞、花明柳暗，碧空明澈。华夏风骚惊环宇，血脉传承未辍。历千古、日流月接。清籁幽幽留世绝。再登攀、夺隘须诚竭。风正好，快飞越。

2017 年 4 月 18 日

水龙吟·贺中华诗词学会成立30周年

　　巨轮破浪开航，神州高唱迎春曲。唐风宋韵，文人墨客，欣逢沛雨。皓首群儒，安贫同道，撑持门户。易春秋寒暑，尽尝甘苦，仰天笑，心难足。　　卅载炫目，木成林，植根泥土。花香鸟语，潮平帆顺，溅珠喷玉。多彩城乡，同胞各族，诗吟李杜。更痴情不改，飞龙逐梦，壮中华赋。

2017 年 2 月 23 日

塞鸿秋·和冯永林

平生早把玄机破，天地就是一盘磨。世人忙碌匆匆过。诗书赚得红珠唾。莫听长恨歌，笑看残阳落。孤庐煮酒高眠卧。

2017 年 3 月 1 日

鹧鸪天·高原露杏花节有感

百里红杏欲出墙，轻纱素裹斗芬芳。春风得意撩娇媚，丽日含情洒耀光。　　观雪海，饮琼浆，高原玉露醉心房。笙歌杳杳西施伴，疑是瑶池入梦乡。

沁园春·诗乡五原颂

古郡悠悠，岁月峥嵘，人世沧桑。望黄河滚滚，天庭圣水；金川漫漫，塞上粮仓。瓜果香甜，牛羊肥硕，万顷葵花正向阳。苍穹碧，映一盘锦绣，龙凤呈祥。　　今朝五谷丰昌，圆凤梦全民奔小康。叹秦砖汉瓦，千秋不朽；唐风宋雨，万代流芳。户户风骚，人人李杜，遍地鸿儒尽栋梁。笙歌起、看绿波涌动，醉了诗乡！

2017 年 7 月 10 日

鹧鸪天·观丰镇市元山子乡农民体育运动会

　　古镇元山人影稠，欢歌笑语喊加油。婶娘表嫂搓莜面，叔父堂兄夹彩球。　　男强悍，女温柔，拔河绳坠颤悠悠。腾挪跑跳争先进，直怨西山落日头。

2017 年 8 月 2 日

鹧鸪天·元山子乡农民红歌赛感咏

　　亮嗓星空震元山，争奇斗艳醉翻天。声声情重歌红曲，队队心欢灿笑颜。　　听雅籁，想前贤，清风徐至泪潸然。归来多日音犹在，化作甘霖润旱田。

2017 年 8 月 3 日

鹧鸪天·进中华诗词村申家库联

　　犹似当年战敌顽，乡亲老少敢攻坚。儿孙谙达春秋礼，翁妪咏吟唐宋篇。　　人上进，户争先，诗词村貌换新颜。红旗漫卷长天碧，千古风流万代传。

2017 年 8 月 4 日

鹧鸪天·参观卓资山熏鸡博物館

一只熏鸡一品牌，司晨原本坐莲台。卓资山下雄风起，博物园中紫气來。　扬五德，进千财，传承绝技福门开。神州处处皆名片，不尽诗潮入壮怀。

2017 年 8 月 4 日

鹧鸪天·和石玉平"鹧鸪天悼愛婿王健"

雨骤风残噩耗狂，奈何桥上躲秋凉。山青水秀柳还绿，云淡天高菊已黃。　心向善，命非常，阴阳相隔两茫茫。纸钱烧尽烟灰冷，泪洒坟头不再殇。

2017 年 8 月 8 日

浣溪沙·中秋感怀步原玉和郑欣淼会长

岁月峥嵘历尽春，香飘金桂月如轮。哪堪已是古稀人。　耽句常闻鸡报晓，逗孙惯看日催昏，老妻举案更须珍。

2017 年 10 月 3 日

鹧鸪天·贺乌拉特中旗诗词学会成立

热土乡亲未敢忘，蓝天绿草好风光。乌加河水清波稳，边境哨兵英气昂。　　春正媚，路还长，初心不改写华章。高歌猛进新时代，遥寄朋侪诗几行。

2017 年 10 月 19 日

鹧鸪天·为旗下营中学"圆梦园"竣工典礼作

叠翠山庄立劲松，黉门旗下建殊功。心中不愧炎黄脉，笔底常生唐宋风。　　听雅韵，醉明瞳，携来百侣赏花红。金牌一挂云天阔，圆梦园飞凤与龙。

2018 年 5 月 11 日

鹧鸪天·东瀛十赋

8月16日——22日，余偕老伴领外孙女参加"日本嗨翻天※亲子双乐园"东京、大阪、富士山四飞七日游。走马观花，有感而发，填词以记，就教方家。

（一）

金风徐来秋雨涟，东瀛一赋鹧鸪天。相随亲子跟团走，搭档糟糠把手牵。　　情切切，意绵绵，开心恰似返童年。人人都说倭夷劣，几岁孩儿顾闹顽。

（二）

最美当为富士山，东瀛二赋鹧鸪天。独峰端坐苍松上，丛岭蜿蜒云雾间。　　无白雪，有青峦，羊肠小路好登攀。昆仑一览人间事，仗剑英雄踏小丸。

（三）

绿水青山花草鲜，东瀛三赋鹧鸪天。晴空万市驱霾雾，洁地千村生紫烟。　　人笑美，鸟鸣欢，鱼儿游在白云间。养生修炼求长寿，不及弯腰拾废残。

（四）

点首哈腰举国虔，东瀛四赋鹧鸪天。从来艳丽春常在，自古谦恭人最贤。　　言出暖，礼行全，相迎招手笑声欢。百年渡尽恩仇在，不动兵戎结善缘。

（五）

阅尽春秋入暮年，东瀛五赋鹧鸪天。孤身失独千千万，双侣空巢万万千。　　街道上，店堂间，打工白发有谁怜？老夫也至从心岁，满院儿孙绕膝前。

（六）

英年早逝赴九泉，东瀛六赋鹧鸪天。自残自杀成风气，谁见谁拦实枉然。　　楼顶上，大河边，心中筑起护栏杆。为人不遇难堪日，生命安能当酒干？

（七）

汉字为文笔画残，东瀛七赋鹧鸪天。千秋故事成佳话，一部经书有正篇。　　拿竹筷，拜诸仙，从来中日有奇缘。飘洋过海基因乱，应认炎黄老祖先。

（八）

人似蚂蚁搬泰山，东瀛八赋鹧鸪天。甘心受尽窝囊气，舍得花光血汗钱。　　狂购物，又成团，异乡月比自家圆。开包亲友观精品，"madeinChina"在上边。

（九）

欲说导游亦作难，东瀛九赋鹧鸪天。千回应答嘴磨碎，一路周旋钱刮干。　　常变脸，也开颜，小旗时领购潮前。短长不必争人我，尽是贪婪惹祸端。

（十）

华夏儿女最敢先，东瀛十赋鹧鸪天。黄肤黑发满城是，开口才知血脉连。　　操百业，过千关，扶桑到处有龙幡。太平洋上风帆竞，看我中华走快船。

2018 年 8 月 23 日

鹧鸪天·游东山湖景区

　　道是东山景不同，驱车渐入画图中。白云明月留妩媚，绿水青山卧凤龙。　　观圣地，沐金风，青瓷饮醉女儿红。春晖遍洒城乡乐，直叫苏杭现愧容。

2018 年 9 月 27 日

鹧鸪天·唐代金窟

　　沟壑峰峦叠翠微，层层黑白压玄机。千条鬼洞随缘走，万吨黄金插翅飞。　　山险峻，窟深奇，人临此处尽嘘唏。唐时明月今犹照，不尽贫寒可问谁？

2018 年 9 月 27 日

沁园春·新中国七秩华诞颂

壮美中华，千古文明，万劫雪殇。幸红旗漫卷，共和建国，雄狮觉醒，自立图强。惩霸降妖，惊天动地，血肉长城坚似刚。越三秩，问群雄列霸，谁敢猖狂？　云帆直向深洋，风浪激、烟波路险长。喜革新弃旧，国家兴盛，致穷致富，黎庶安康，港澳回归，舟车飞掠，四十春秋震万邦。圆夙梦，看江山统一，华夏为王！

2019 年 3 月 10 日

鹧鸪天·咏准格尔第五届杏花节

雪海云烟点点红，准旗又起杏花风。千年老树春心乱，百里长龙醋意脓。　山掩面，水欢容，手机忙坏白头翁。俊男靓女香熏醉，满眼风光在画中。

2019 年 4 月 13 日

破阵子·新中国海军70华诞海上阅兵

万舰劈开巨浪，千军气贯长虹。航母神针出亮剑，丽日金轮正耀东，聚焦中国龙。　　又忆风凄雨苦，哪堪邦弱民穷。甲午风云时激荡，路带春秋我壮雄，笑看圆梦中。

2019年4月23日

草原丝绸之路文化公园赋

一条玉带，草原丝绸之路历史画卷；十里长廊，塞上茶马古道现代坦途。南起滨河，北倚阴山，绿水青山，风和日丽；西傍丁香，东邻二环，琼楼玉宇，气爽云舒。自治区七十周年献礼项目，市政府两千多亩开天画图。

国正天顺，民乐邦安。强市创佳绩，盛园藏异观。松柏、杨柳、白桦……万木争春；桃李、梨杏、丁香……百花竞艳。莺鸣鹊唱，蜂狂蝶恋。草坪上廊坊塑径，穹庐下亭台楼榭。清池映彩霞，芳草碧连天。勒勒车徜徉绿海，蒙古包缭绕炊烟。千秋古道驼铃悦耳，万里北疆胜景养眼。哈达飘起如银蛇飞舞，长调悠扬似天籁回响。牛羊撒欢，清风徐来乳香飘；骏马飞腾，英雄逐梦豪气壮。犹闻昭君出塞，琵琶声碎；恍见天骄射雕，气宇轩昂。敕勒川里，不染世俗，蒙汉和谐，民风淳朴，守望相助；归化城中，商贾往来，汇通天下，货畅其流，百业兴旺。真个是五百年古城穿现代，两千载丝路洒余香。

春夏秋冬，乐园似锦；晨昏节假，游人如织。男女老少喜笑颜开，万民同乐也；工农商学心旷神怡，百族共享之。致富思源话恩泽，抚今追昔唱歌诗。欣逢"一带一路"战略实施，舟行四海，车通五洲，历尽千年圆梦，跨越万里融资。草原丝绸之路春风化雨，主题文化公园喜鹊登枝。惠民工程，传承史实。欣慰何极，赋以永志！

2017 年 5 月 16 日

散曲

【中吕·山坡羊】有感六中全会

乱朝奸佞，害民枭獍。拍蝇打虎难规儆。纪纲明，律条清，从头迈步颁新令。圆梦百年须自省。船，百姓倾；天，百姓顶。

2016 年 10 月 28 日

【仙吕·一半儿】说妻

酒盅挖米不嫌贫。几十春秋她最勤。德善礼和无二人。数金婚，一半儿倾心一半儿亲。

2016 年 11 月 3 日

【中吕·山坡羊】陀罗

不扬其貌，也无其道，路平方見陀螺闹。小头咬，大头摇，浑身飞转圆盘俏。博得叟童都叫好。抽，不会倒；抽，愈显巧。

2016 年 11 月 4 日

【正宫·叨叨令】立冬惦贫困户寒舍

　　风寒雪冷山河冻，谷盈仓满笙歌颂，羊肥酒美觥筹共，夜长昼短繁华梦。睡不着也么哥，睡不着也么哥，衣单屋漏心肝痛。

2016 年 11 月 7 日 立冬

【越调·天净沙】给贪官画像

　　品茶酗酒搓麻。贪赃弄法沾花。拍马争官作假。一朝拿下，铁窗锁住生涯。

2016 年 11 月 7 日

【正宫·鹦鹉曲】敬缅父母

　　琼州冬日消闲住，常感念范母严父。忆当年、病困双亲，耐得凄风凄雨。【幺】浪滔滔碧海茫茫，但见暮云飘去。叹今朝啃老儿孙，不晓得心抛狗处。

2016 年 11 月 8 日

【双调·水仙子】在海口观老年广场舞

丽人丛里乐桑榆，雅曲声中入画图，风华场上移轻步。抖精神热汗舞，两心怡体态清酥。满脸笑传眉目，一身香扭屁股。夕阳红灾病全除。

2016 年 11 月 9 日

【双调·水仙子】题图

落枫识得一秋浓，残草迎来几片红。霜天孕着三春梦。诗藏彩画中，桑榆晚也争荣。任风扫，任雪封，其乐无穷。

2016 年 11 月 10 日

【仙吕·一半儿】吃螃蟹

买回螃蟹太狰狞，舞爪张牙一任行，老伴慈悲求放生。上笼蒸，一半儿磨牙一半儿扔。

2016 年 11 月 13 日

【南吕·骂玉郎】悼歼 10 女飞行员余旭

惊天霹雳军星落，旭日照云霄。中华有你增荣耀。旗在飘，志更高，雄鹰啸。

2016 年 11 月 14 日

【双调·水仙子】观超级月亮

丙申十月十五现超级月亮，翌日晨与日争辉。

大如车盖走洪荒，亮似银盘映玉霜，浓云尽在蟾宫上。人间一夜忙，引来日月争光。嫦娥笑，玉兔爽，醉了吴刚。

2016 年 11 月 15 日

【双调·水仙子】咏叹留守儿童

又逢离恨涌心头，父母孩儿共泪流，年来岁去情依旧。春来苦种忧，雁回仰盼捎愁。心揪处，天看否？望断云幽。

2016 年 11 月 16 日

【中吕·山坡羊】看打麻将

乐哉麻将，大千气象。洗搓竟把饥餐忘。耍心肠，费思量，一人快慰三人怅，推倒残墙轮坐庄。胡，钱入囊；输，不下场。

2016 年 11 月 19 日

【中吕·山坡羊】忆父放羊四首

春

春寒料峭，沙尘烈暴，茫茫四野谁人到？雀无巢，畜无膘，青黄不接哀鸿叫。此处啃光他处找。羊，风吓倒；爹，人瘦了。

夏

山欢水笑，枝繁花俏，离村十里黄河哮。日头刁，热风烧，拦羊歇晌沙头凹，暴雨倾盆无处跑。羊，都是宝；爹，却似草。

秋

收秋碾稻，储粮入窖，瓜甜果硕人欢笑。看天高，望云飘，捡田割草勤刨闹。背负小山归路迢。羊，一肚饱；爹，几步摇。

冬

　　长河冰曜，莽原雪罩，牧羊人在寒天泡。冻稃糟，烂皮袍，狂风暴雪心祈告，四处赶羊惟怕少。羊，数正好；爹，炕上倒。

2016 年 11 月 24 日

【南吕·一枝花】祭父母

　　人云日月明，我念爹娘怅。日无长碧晴，月缺少银光。恩德高堂，甘作柴和穰，堪为凤与凰。最撕心二老安眠，更裂肺儿郎静想。

【梁州第七】

　　爹盼我出头上榜，母对儿挂肚牵肠，离开片刻心难放。放羊种地，咽菜吞糠。爹娘消瘦，儿女欢康。读书时卖了猪羊，娶妻后欠了钱粮。到冬日虑后思前，入春季日耕夜纺，说千言难尽其详。哀伤，敬仰。教儿不忘胸襟旷，官场有人样。挺起腰身骨正刚。要做贤良。

【尾】

英灵护得儿孙旺，盛世迎来家国强。何日能
将孝行上？梦长，渺茫，泣寄清风四时享。

2016 年 11 月 27 日

【中吕·山坡羊】无题

大江东去。夕阳几度。江山永固凭黎庶。唤
农奴。铲贫枯。初心不忘铺新路。鸦有哺情羊跪乳。
民，官父母；官，民父母。

2016 年 12 月 2 日

【双调·折桂令】婚姻变奏曲

网中聊魅力勾魂，割臂同盟，燕尔新婚。烈
火干柴，柔情蜜意，唤宝呼珍。愉悦调脂弄粉，
怅惘覆雨翻云。羡富嫌贫，厌旧寻新，别凤离鸾，
夺秒争分。

2016 年 12 月 2 日

【双调·折桂令】带孙子外孙咏叹

问君能有几多愁，老不能闲，退不能休。照看孙儿，外孙也顾，四体难抽。花甲填平代沟，古稀作了家囚。冬夏春秋，似马如牛，汗滴珠流，乐在心头。

2016 年 12 月 4 日

【中吕·山坡羊】哭坟二首

被执行死刑沉冤 21 年的强奸杀人犯聂树斌无罪得雪。其母只说了两个字："满意"。

其一

苍天无道。人间有暴。杀人抢得乌纱帽。圈监牢。打成招。冤魂不散心头绕。公理良知何处讨。儿，天暗了；儿，地陷了。

其二

恶行恶报。善行善报。云开日出时辰到。捉幽妖。荡冤潮。眼前又见包公轿。泪水遍浇坟上草。儿，天亮了；儿，满意了。

2016 年 12 月 5 日

【双调·折桂令】忆"文革"

忆"文革"难诉衷肠。批斗精英，造反为王。
红色海洋，狂风巨浪，百舸迷航。整十载神州动荡，
忽一朝换了沧桑。五岳如常，几度朝阳，功过千秋，
任尔湮彰。

2016 年 12 月 17 日

【双调·折桂令】驱霾

乱妖生四色成霾①，滚滚毒烟，漫漫昏埃。
万市萧疏，千家紧闭，众口难开。天怒常施祸害，
地冤必发凶灾。勒马悬崖，留得清白。碧水青山，
紫气东来。

【注】
① 四色指蓝、黄、橙、红雾霾预警。

2016 年 12 月 18 日

【双调·水仙子带过折桂令】创建
"中华诗词之乡"感怀

　　近日准格尔旗、王蓝旗、多伦县被授予"中华诗词之乡"，包头师大等 13 家被授予"中华诗教先进单位"。捷报飞传，群情激奋；一曲带过，直抒胸臆。

　　朔风吹过莽原香，瑞雪飘来暖意扬，欢歌唱起回声亮。品诗词韵味长，望飞云捷报呈祥。梦何爽，喜欲狂。大手笔绿染诗章。【带】大手笔绿染诗章。几载筹谋，万众驱忙。步履匆匆，衷言娓娓，雅韵彰彰。入万家心灯点亮，走千村面貌图强。今日诗乡，换了时装，诵读琅琅，唐宋流芳。

2016 年 12 月 22 日

【正宫·鹦鹉曲】叫阵特朗普

　　黄粱一枕白宫住，夸海口举世为父。太疯狂猛吠中华，又有邪风阴雨。【幺篇】喜闻鸡舞剑扬眉，点将布兵迎去。我军民气势如虹，叫狗日魂无躲处！

2017 年 2 月 1 日

【正宫·鹦鹉曲】游人被虎叼走

　　呜呼一命新春住，妻哭倒子女嚎父。票能逃虎穴难逃，痛煞蒼天悲雨。【幺篇】望神州人海茫茫，噩耗顺风吹去。愿春回柳暗花明，记得这惊魂险处！

2017 年 2 月 1 日

【正宫·鹦鹉曲】悼霍松林先生

　　长安一去天堂住，众弟子哭送师父。伴青松喜待期颐，泪洒儒林如雨。【幺篇】霍家军声震神州，莫道大江东去。杏坛前学子菁菁，放眼望红云起处。

2017 年 2 月 9 日

【正宫·鹦鹉曲】老兵还乡

丁酉上元，流落印度 54 年的解放军老兵历尽千辛万苦终于回到故乡。

边防迷路他邦住，无奈做起了人父。任汪洋一片孤帆，浪打随风随雨。【幺】盼还乡皓首穷年，喜煞梦圆归去。忽抬头望月如盘，更觉得回家美处。

2017 年 2 月 12 日

【双调·沉醉东风】熬羊杂碎

血肺心肝土豆，蹄肠腰肚羊头。品淡咸，尝肥瘦，一锅杂辣搅稀稠，慢火行时美味熟。总不如娘熬那口。

2017 年 2 月 20 日

【双调·沉醉东风】与老伴值班服侍九旬岳母

做饭聊天戏亲，端茶送药相跟。菩萨空，高堂近，敬父母赛如求神，孝子回乡补报恩，大美德传承要紧。

2017 年 2 月 27 日

【中吕·迎仙客】乡村婚礼

小院忙，喜洋洋，爆竹声中来拜堂。宴宾客，闹洞房，耍累鸳鸯，懒上红炉炕。

2017 年 3 月 2 日

【中吕·迎仙客】学雷锋

岁月匆，忆雷锋，一座丰碑天映红。善多行，不刮风，牢记初衷，只把春来送。

2017 年 3 月 4 日

【双调·沉醉东风】说萨德

说甚神魔萨德，笑它鬼蜮熊罴。海口夸，牛皮碎，到头来蛋打鸡飞。亮我东风一弹摧。叫美韩黄粱梦毁。

2017 年 3 月 11 日

【双调·折桂令】赴首届中华诗词散曲工委全委会

驾春风聚在长安，雨雾迷蒙，桃杏妖妍。酣饮甘泉，渐消沉倦，轻拨心弦。了却残阳夙愿，绘描霞志新篇。鼓浪行船，竞过云帆，再上层巅。

2017 年 3 月 13 日

【双调·沉醉东风】看青城花样跳绳全民普及表演

花样翻新走红，彩绳绝妙称雄。似虎腾，如猿纵，像蛟龙跨越长虹，跳得阳春起正风，民强壮中华更猛。

2017 年 3 月 19 日

【双调·沉醉东风】"出云号"将赴南海

据报道，日本"出云号"舰将赴南海训练。"出云号"曾参加过一战和日俄战争，1945 年 7 月被美军炸沉。战后日本重建此舰，可谓借尸还魂。

华夏振兴跃龙，日倭衰败当熊。"出云"魂，黄粱梦。我三军气贯长虹，愤积凝于一剑中。斩穷寇宜将剩勇。

2017 年 3 月 20 日

【黄钟·人月圆】准格尔赏杏花

人间红杏惊天下，品貌最纯白。傲看冰雪，笑迎风雨，敢放情怀。【幺】枝头雀叫，簇间蝶舞，花上蜂来。出墙有爱，暗香疏影，绝世霞腮。

2017 年 3 月 23 日

【中吕·山坡羊】居民楼被炸蹋咏叹①

又闻爆炸，再生骇怕。民居陷塌惊天下。大排查，快挠抓，转来一顿安心话，各级红头文件发。官，胸戴花；民，心乱麻。

2017 年 3 月 26 日

【注】

① 3 月 25 日 14 时左右，包头市土右旗沟门镇北只图村向阳小区一居民楼突发天然气管道爆炸，一个单元整体塌陷。已造成 3 死 25 伤。

【中吕·山坡羊】辱母案感赋

昏狂无道，果因有报。男儿一怒刀离鞘。辱娘哮，有谁饶？铁窗戴镣彰仁孝。出警无为堪愧恼。官，风正了；民，心顺了。

2017 年 3 月 29 日

【黄钟·人月圆】咏杏花

裁冰剪雪惊天下，品貌赋纯白。轻寒何惧，东风早趁，敢放情怀。枝头雀叫，簇间蝶舞，花上蜂来。出墙有爱，嫣然一笑，羞煞桃腮。

2017 年 3 月 28 日

【双调·雁儿落带过得胜令】草原散曲社成立有寄

蓝天紫燕归，大地寒凝退。唐风拂青草，宋雨滋春脆。【过】马作的卢驰，曲和上都辉。塞外胡笳应，江南笙竹吹，筑梦群英会，齐追，开怀雅韵飞。

2017 年 3 月 31 日

【仙吕·一半儿】贺汪支平会长获大奖

人生难得老來红，剥茧春蚕一世功，弄曲敲诗情愈浓。杏坛翁，一半儿拈须一半儿啐。

2017 年 4 月 19 日

【双调·驻马听】参观"中华散曲之乡"原平楼板寨乡农民散曲社朗诵

大美原平，万亩梨花开满山。田园文案，曲乡村寨换容颜。老翁吟起老妻攀，三姑吟罢三姨赶。真养眼，姐们儿齐诵新风赞。

2017 年 5 月 2 日

【中吕·山坡羊】观《战士爱读老三篇》视频

时光正妙，风华正茂，三篇常在怀中抱。起红潮，逞英豪，鬼神不怕丛中笑。一片忠心直去剖。书，还是好；人，也未老。

2017 年 5 月 18 日

【正宫·鹦鹉曲】正蓝旗抒怀

同来喜上园中住，是几个唱和伶父。寄一曲高歌，唤得天来甘雨。望金莲脉脉含情，又见白云飘去。挂金牌却待从头，更体味诗乡好处。

2017 年 7 月 22 日

【仙吕·后庭花】九寨沟地震

天摧九寨沟，地无万景秋。爱向川中涌，悲从心里流。叹神州，兴邦多难，歌欢人更愁。

2017 年 8 月 10 日

【中吕·山坡羊】草原艺术公社结缘流浪狗

黑白光溜，形单体瘦，餐厅潜入寻残漏。任其游，有谁留？扔根短骨无多肉，相伴相依楼上宿。它，流浪狗；咱，忠义友。

2017 年 8 月 13 日

【正宫·鹦鹉曲】给草原艺术公社李国华夫妇

金莲川上安家住，小两口雅母儒父。伴牛羊草绿花香，最喜和风濛雨。【幺】广交谊四海宾朋，又有客商来去，到如今曲韵悠扬，赞一个文缘火处。

2017 年 8 月 21 日

【越调·天净沙】步郑欣淼会长原韵
贺浙江之江诗社散曲研究会成立

余杭弹响琵琶，草原奏起胡笳，五岳昭扬彐华。嫦娥迎迓，曲飞直上云霞。

2017 年 4,30 日

【中吕·山坡羊】五原"中华诗词之乡"挂牌

瓜甜葵笑，天蓝鹊叫，五原古郡传捷报。诵声高，唱声飘，九牌高挂吟坛傲①。韵洒金川人叫好。诗，涌若潮；人，欢若潮。

【注】
① 五原县一次获得九块诗牌。

【中吕·山坡羊】五原天津知青村建成"中华诗词村"

院明花衬，人欢情奋，吟声萦耳风传讯。著青春，建诗村，一方沃土滋尧舜。岁月悠悠融韵新。心，不忘本；诗，不忘真。

【中吕·山坡羊】五原会议见众诗友

五原盛会，百人云萃。酒盅未举人先醉。沐阳晖，赏秋葵，醒时梦里诗词味。老病余痴难住笔。嘻，月又西；噫，鸡又啼。

【中吕·山坡羊】"中华诗词之乡"授牌五原县书记县长双接牌

诗乡领帅，诗情豪迈，吟声飘在云天外。上前台，接金牌，托起希望和期待，古郡乐园齐喝彩。官，把轿抬；民，把舰载。

2017 年 9 月 5 日

【中吕·山坡羊】在正蓝旗草原与画家朋友意外重逢

正蓝旗下，路边支架，金莲川遇同惊讶。刷枝杈，点平沙，满天云霞皆成画。笑说闷时来戏耍。人，真大家；图，不住夸。

2017 年 9 月

【中吕·山坡羊】正蓝旗"中华散曲文化教育基地"挂牌

秋风呼唤，秋光陪伴，相携又至芳馨甸。觅金莲，话蒙元，渊源文脉千年漫，谈笑尚知前路远。牌，今日悬；诗，明日繁。

2017 年 9 日

【中吕·山坡羊】观华盛太阳能农庄呼市园区

朔方伊甸，神驰目眩。嫦娥又把人间羡。菜
芊芊，果嫣嫣，鸠坑龙井连成片，蚯蚓瑜伽鱼戏浅。
天，映碧园；园，映碧天。

2017 年 9 月 14 日

【中吕·山坡羊】西安行组曲十首

2017 年 9 月 17 日——19 日，中华散曲工委在西安市召开
张养浩康海王九思散曲作品研讨会暨第三届当代散曲创作学术论
坛。会议分别为武功县、潼关市散曲文化教育基地和陕西省散曲
之乡潼关市挂牌。三秦大地，秋高气爽；厚重文化，目不暇接；
追忆成曲，就教方家。

谒苏武墓

孤单持杖，雄心高旷，千钧重担扛肩上。野
茫茫，发苍苍，此身甘在匈奴葬，家国不忘头要仰。
天，风正爽；官，学牧羊。

2017 年 9 月 23 日

康海墓前挂牌有寄

状元名望，碑文情漾。明前七子多酬唱。卧霞庄，听秦腔，漆漳二水翻波浪，关中自古多俊朗。康，曲声扬；王，曲声扬①。

2017 年 9 月 27 日

【注】

① 康海墓的碑文为王九思所撰；康海、王九思同为明代"前七子"；康海家乡在漆水、漳水交汇处。

潼关抚今

雄关依旧，雄文绝后。曲乡喜庆金牌授。上高楼，望川流，三秦万里山河秀。贺瑞老腔蛮劲吼。风，拂细柳；人，品桂酒。

2017 年 9 月 28 日

茂陵怀古

寝陵高峻，君臣亲近，寻常犹把兴亡论。战雄群，扫烟云，风流千古皆淘尽，几座青冢仍未损。坟，万世存；魂，励后人。

2017 年 9 月 29 日

教稼台咏怀

　　菜蔬米面，布纱绸绢，教民稼穑终身愿。引甘泉，种良田，草茅土屋檐头燕，万古高台悬弃匾①。民，食是天；农，谁去传？

2017 年 9 月 29 日

【注】

① 悬弃匾之"弃"指后稷。教稼台为纪念后稷而建，后稷名"弃"。

贵妃墓前遐思

　　芙蓉帐荡，马嵬坡葬，绵绵此恨何时忘！梦长长，泪汪汪，山盟海誓相跟上，一段风流传世广。权，手上掌；歌①，耳畔响。

2017 年 9 月 30 日

【注】

① 尾句"歌"指白居易"长恨歌"。

报本塔远眺①

水陪山衬，千秋名震，官员百姓勤朝觐。拜娘亲，敬尊神，塔前难把忠奸论，只带良心来报本。荣，不忘恩；衰，不忘恩。

2017 年 10 月 1 日

【注】

① 报本塔因建在报本寺而得名。此寺原为唐高祖李渊别宅。李世民生于此宅，登基后为报母恩舍宅为寺，曰"报本"，后修报本塔。

观黄河老腔

几人唱戏，惊天动地，千军万马英雄气。喊心扉，炸春雷，潼关饮酒黄河醉，苦辣酸甜全在里。欢，咱唱起；悲，咱唱起。

2017 年 10 月 2 日

水坡巷撷趣

街通天际，河通水系，千秋万代谁人忆？左凝眉，右含悲，手伸对岸能牵衣。玉带桥头常戏水。春，送聘礼；秋，来贺喜。

2017 年 10 月 2 日

长安道情

中华诗词学会顾问、陕西省委原书记张勃兴，中华诗词学会会长、中华散曲工委主任郑欣淼，中华散曲工委常务副主任徐耿华，均年事已高或身体有恙，但不顾舟车劳顿，连日奔波，辛苦操持，语重心长，令人感奋。

曲坛帅将，惧何疴恙，长安盛会升军帐。发苍苍，语长长，激情点得心灯亮，万里云天秋正爽。关，敢去闯；山，敢去扛。

2017 年 10 月 3 日

【中吕·山坡羊】观中国民歌大会

俊男粉黛，各族穿戴，民歌大会登台赛。亮金牌，展殊才，古今神曲扬清籁。雅俗共存争异彩。民，是大海；歌，是大海。

2017 年 10 月 8 日

【南吕·阅金经】暗恋女同学

占尽闺中秀，酒窝微笑柔。梦里常邀去荡舟。羞，人家不送秋。情依旧，相逢喜泪流。

【双调·沉醉东风】新婚拜堂

一院人群熙攘，满村宴酒飘香。歌声高，心花放。羞答答面映红光，玉手相牵喜欲狂。拜天地英姿俊爽。

【中吕·一半儿】忆童年五首

骑驴

草滩闲逛小毛驴，打滚撒欢长调舒，伙伴争骑追太苦。摔糊涂，一半儿呲牙一半儿哭。

摸鱼

浇田河水困渠壕，对坐围鱼尽赤条。身上污泥头上包。月儿嘲，一半儿捞回一半儿跑。

偷瓜

河边沙地望圆舒，半夜偷瓜巧计谋，连滚带爬直气嘘。乱忙乎，一半儿生来一半儿熟。

捉迷藏

忽如鬼子进村庄，狗叫鸡飞发醉狂，钻窖卧槽爬上房。夜茫茫，一半儿寻人一半儿藏。

挨揍

前排矮个小毛丫，告状显能常戴花，抓把白灰头上洒。找来家，一半儿赔情一半儿打。

2017 年 12 月 5 日

【中吕·喜春来】贺宣州散曲学社成立

敬亭山下寻佳句，谢朓楼前聚鸿儒，龙泉洞里觅金珠。添散曲，放眼皖天舒。

2017 年 12 月 9 日

【中吕·迎仙客】悯民曲五首

环卫工

环卫工，映橙红，扫醉东西南北风。两千元，养命铜，盛夏寒冬，一任腰酸痛。

保安

就业难，泪潸潸，一笑奈何当保安。忍饥寒，债要还，漫道重关，逼倒英雄汉。

出租车司机

可劲跑，战通宵，过巷穿街奔远郊。肚中饥，嗓子烧，又见人招，却在心头笑。

农民工

风怒吼，雪花稠，受苦人儿在外头。问工钱，能付否？爱恨情愁，都在黄昏后。

送外卖

行路忙，响饥肠，且靠清风闻饭香。进千家，跑四方，责任担当，全在车轮上。

2017 年 11 月 1 日

【仙吕·一半儿】共享单车咏叹

满城拥堵怨声高，共享单车成妙招，扫过手机追大潮。不堪瞧，一半儿伤残一半儿倒。

2018 年 2 月 20 日

【中吕·山坡羊】南海阅兵及台海实弹军演 三首

其一

中华海域，舰船密布，国旗猎猎军旗树。乱云舒，浩波逐，水龙列阵军威怒，南海今朝咱作主。官，不怕虎；兵，不怕苦。

其二

辽宁大号，雄姿俊俏，劈波斩浪升旌纛。掠鹏雕，跃鲸蛟，海军威武先锋哨，狮吼一声山震倒。家，我护好；民，我护好！

其三

舰机实弹，炮火璀璨，天兵怒气冲霄汉。笑台湾，晃孤帆，惊魂失魄额头烂，一统江山除汉奸。今，号令颁；明，岛上餐。

2018 年 4 月日

【正宫·叨叨令】带过【双调·折桂令】全区散曲创作基地凉城和中华诗词示范村赵家村挂牌有作

一轮红日炎炎照，一天喜鹊喳喳叫，一城诗友甜甜笑，一群宾客款款到。请上座也么哥，请用茶也么哥，一堆诗话心中泡。【带过】几老翁[①]志凌云霄，聚力传承，培育新苗。唐宋诗词，楹联曲赋，尽显风骚。县城里春光正好，赵家村[②]示范旗飘。岱海掀涛，蛮汉藏娇，卧佛逍遥，药酒[③]前茅[④]，大美凉城，韵在今朝！

2018 年 7 日

【注】

① 凉城诗词学会有老来翁、姗来翁、岱海耕翁、岱海钓翁等退休老诗友。

② 赵家村是凉城县创建中华诗词示范村。

③ 药酒指鸿茅药酒。

④ "卧佛逍遥，药酒前茅"是第九句后增的两个四字句。

【正宫·叨叨令】河套杀猪菜

　　天寒地冻冰凌瘦，猪嚎血洒情牵扣，菜酸锅大膘肥厚，酒酣饭饱心甜透。爱煞人也么哥，爱煞人也么哥，正宗最是槽头肉。

2018 年 11 月 21 日

【正宫·小梁州】准格尔旗赏杏花

　　粉面潮红正艳娇，喜上眉梢。满坡满岭抖风骚，逢人笑，一展素罗袍。【幺】虽然没上花花轿，这时节，难仰心潮。人似水，蜂蝶闹，闪了小蛮腰。

2019 年 4 月 14 日